徳間文庫

二年半待て

新津きよみ

徳間書店

目次

第一話　彼女の生きる道

1

はさみを使って慎重に封を切り、中から折りたたまれた紙を引き出す。紙を広げる指が緊張でこわばる。

いまは、大半の大学の合格発表がインターネットで閲覧(えつらん)できる時代だし、大半の企業の採用通知もパソコンのメールやスマートフォンのメールで届く時代だ。パソコンや携帯電話が使えない者でも、簡単な用件なら電話一本かけるだけですむ。

けれども、文書で伝えるメリットは確実にある。やはり、直接自宅に封書が送られてきて、自分の指でじかに封を開ける作業は格別なものだ。それだけ、感動が大きい。

紙の感触をたっぷり味わってから、文面に目を通す。

頰(ほお)が緩み、目頭が熱くなる。

歓喜が腹の奥底からわき上がってくるのがわかった。

待ちに待った嬉(うれ)しい知らせ。

――わたしは、この瞬間を待ち望んでいた。

彼女は、同じ文章を何度も何度も、飽きるほど読み返した。

2

梶原厚子（かじわらあつこ）は、首筋にくすぐったさを覚えて、ふっと目を開けると右隣を見た。若い女性の束になった黒髪が、自分の首筋を撫（な）でている。厚子自身、目の疲れをほぐすために目をつぶってはいたが、よほど疲れているのか、隣の女性は厚子の肩に全体重を預けるようによりかかり、口を半開きにして寝入ってしまっている。

――就活生（しゅうかつせい）かしら。

黒いスーツに白いシャツに足元は黒いパンプス、膝（ひざ）の上にマチが八センチくらいのシンプルな黒い鞄（かばん）を載（の）せている。

染めていない長い黒髪を、こちらも黒いゴムで一つに束ねているのだが、犬の尻尾（しっぽ）のような先っぽがさきほどから厚子の首筋に当たっているのである。

彼女の身体（からだ）をそっと向こうへ押しやろうと思って、やめた。せっかく電車内で座れたのだから、少しのあいだだけでも眠らせてあげよう。

大学四年生だとしたら、二十二歳前後か。間近で見ると、うらやましいほど透明で、きめの細かな白い肌をしている。

――若さにはかなわない。

心の中で苦笑したものの、すぐに苦笑は消え、口元は引き締まった。隣の若い女性の姿が娘のそれと重なる。

――あの子にはもう、内定は出たかしら。

すでに七月も終わろうとしている。先日読んだ新聞記事に、「二〇一七年度卒業予定の学生の先月までにおける就職内定率は、約六十五パーセント」とあったのを思い出す。隣の就職活動中らしき女性がまだ内定をもらっていないとすれば、彼女は残りの三十五パーセントに入っていることになる。学生の就職活動に関しては、今年から、会社説明会の解禁は三月、面接の解禁は六月と取り決められている。

厚子の娘の真理(まり)もまだ就職先が決まっていない可能性が高い。決まっていれば、当然、あちらから報告があるはずだからだ。

「内定が出たら、俺から知らせるよ。それまで、君からは接触しないでくれよ。真理のやつ、神経を尖(とが)らせてピリピリしているからさ。エントリーシートで門前払いされた会社もあるとかで。黙って見守ってやってほしい。いいね、口うるさくせっつかないでくれよね」

そう元夫の博人(ひろと)から釘(くぎ)を刺されている。

――でも……。

離婚しても、娘は娘である。自分がお腹を痛めて産んだ子だ。夏用のリクルートスーツは用意したのか。靴底はすり減っていないか。どうにも気になってならない。三十年あまり前に同じように就職活動をした者として、娘に向き合ってアドバイスをしてやりたい。ときには、父親より同性である母親のアドバイスのほうが役立つこともあるだろう。

ところが、別れた夫はどんな言葉も真理の耳に入れるなと言う。

――仕方ないか。

六年前、真理が高校一年生のときだった。別居生活が長引いて、離婚話に至ったとき、当然娘は母親側について来るものだと思っていた。厚子は、自分の母親が一人暮らしをしていた実家に戻っていたし、その昔、共働きの家庭ゆえに祖母に世話を焼かれていた真理は、自他ともに認める「おばあちゃん子」でなついていたから、こちらは数で勝っているという自信があった。別々に住むといっても、都内の北区と埼玉県の川口市。電車で二十分もかからない距離である。離婚後の姓も、当分旧姓に戻さないつもりだった。

それなのに、真理は、母親ではなく父親を選んだ。理由は、「お母さんとは価値観が合わないから」というものだった……。

――娘に捨てられるなんて。

そのときの衝撃を、厚子はいまだに忘れることができない。

3

廊下から和室をのぞくと、仏壇の前で治子(はるこ)が手を合わせていた。

――こんな時間に珍しい。

治子が仏壇に向かうのは、起床してすぐと就寝する前と決まっている。あまりに長く拝(おが)んでいるので、自分に気がつくまで、と厚子は待っていた。それからたっぷり一分もたってから、治子はようやく手を下ろしてこちらに向いた。

「あら、帰ってたの？」

「ずいぶん、集中してたじゃないの。何をそんなに長く拝んでたの？　何か願いごとでもしてたの？」

「真理ちゃんの就職がうまくいきますように、ってね」

「あら、そう」

　孫娘のために手を合わせていたのか。少ししらけた気分になって、厚子はうなずいた。真理は母親の自分には心を開かないのに、祖母とは気が合うようで、母親を通り越して祖母とは頻繁に連絡を取り合っているらしい。

「あの子、大好きな父親のそばにいて、一生懸命就活しているくせに、まだ内定一つももらえてないみたいね」

　われながら嫌みったらしい言い方だと思いながら、厚子は言った。

「そうそう、いまはシューカツって言うんですってね」

　治子は、娘の嫌味をかわすように明るく受けた。「何でもかんでも、省略して表現するのが流行っているのかしら。シューカツ、コンカツ、ニンカツ、ホカツ……ってね」

「で、お母さんは、終わるほうのシューカツってわけ？」

「えっ？」

わずかに眉をひそめた治子に、「これ」と、厚子は背中に隠し持っていたノート型の本を差し出した。帰宅して居間に入ったら、テーブルの上に置いてあったのだ。表紙には英語で「ＬＩＶＩＮＧ＆ＥＮＤＩＮＧ」とあり、中を開くと、預貯金、口座自動引落し、不動産、保険、友人知人などの項目別に記入するようになっていた。

「これって、『エンディングノート』ですよね？　自分に万が一のことがあった場合、家族が困らないように自分に関するデータをまとめておくノート、そういうふうに認識していいのでしょうか」

わざと敬語を使った嫌味な口調が止まらない。

「まあね、わたしもあと三年で八十歳だから、こういうノートも必要かなと思って」

治子のほうは軽い口調で応じる。

「いよいよ覚悟を決めてくれたのね。じゃあ」

場所を変えましょう、という意味をこめて、厚子は顎で居間の方角を示した。

七十七歳の母と五十五歳の娘。女二人の大事な話し合いを持つときがきた。

「で、誰なの？」

居間のテーブルに向き合うと、厚子は短く切り出した。

「誰って？」

「とぼけないでよ。エンディングノートを買って、そこに自分の秘密も書いておこうと決めたんでしょう？」

治子が購入したノートには、葬儀や相続について記入するページもあれば、「遺言書」という独立した項目のページもある。

「いつかはあなたに言わないと、とは思っているけど……」

治子は言いよどみ、表情を曇らせた。「もうちょっと時間をちょうだい」

「そう」

ここは、あっさり引き下がることにした。とにもかくにも、治子はこうしてエンディングノートを用意したのである。告白する気になったということだ。五十五年も待ったのだから、「もうちょっと」待つのは何でもない。

――わたしのお父さんは、どこの誰？

厚子は、その質問の答えをずっと待っているのだ。

4

自分の家が友達の家のような「普通の家」でないと気づいたのは、小学校に上がってからだった。

きょうだいがいない子、いわゆる一人っ子の家庭は自分のほかにもあったし、父親がいなくて母親だけの家庭の子もいたけれど、父親の名前を言えない子はいなかった。自分が生まれてすぐに父親が事故で亡くなったとか、病気で亡くなったとか、離婚して母親に引き取られたとか、そういう子たちがいる中で、「お父さんは？」と聞かれて、言葉に詰まる自分の置かれた状況はみじめだった。

最初は、「遠くに行っている」とか、「仕事が忙しくて、あまり家に帰って来ない」などとうそをついていたが、そうやってごまかせたのも小学校までで、中学生になると大人の口からの情報も耳に入るのか、さすがに周囲も「あそこは普通の母子家庭とは違う」と気づき始め、厚子は、そういう質問を寄せつけないように自分のまわりにバリアを張った。友達を作らないようにしたので、クラスの中で孤立した。顕著(けんちょ)ないじめに遭わなかったのは、周囲からの好奇な視線や陰口をはね返すには勉強で見返すしかないと考え、勉学に励んだからだった。

成績が抜群によかったために、厚子は教師たちから一目置かれ、守られる形になった。

県内有数の進学校に進み、英語を学ぶために都内の大学の英語学科に入った。世界を相手に仕事をするような会社で活躍したい、という夢があった。

ところが、就職でつまずいた。

厚子が就職活動をしていた時代は、いまとは違う。まだ男女雇用機会均等法が施行される前で、セクハラとかパワハラなどという言葉も社会に根づいていなかったし、個人のプライバシーを守る意識も低い時代だった。ついでに言えば、シングルマザーなんてしゃれた呼称もまだなかった。

厚子が志望していた大手商社は、採用条件に「女子学生は自宅通勤」「英文科卒」と限定的に書いてあり、筆記試験を通って面接までこぎつけると、そこで家族構成を問うてきた。母親と二人暮らしであることを伝えると、「お父さんは？」と聞かれる。まさかそこで「遠くに行っています」と答えるわけにもいかず、「いません」と正直に答えると、「亡くなったのですか？」とさらに聞かれる。何と答えようか迷っているうちに、「はい。では、いいです」と面接は終了になった。後日送られてきたのは、不採用通知だった。

大手商社ばかりではない。中小の商社も回ってみたが、反応はほぼ同じで、面接で個人的な質問をされて動揺し、のちに不採用通知が送られてくる、の繰り返しだった。

——最初から父親がいないせいだ。

厚子は自分の戸籍謄本を見て、父親の欄が空白なのを知っていた。つまり、自分は父親に認知すらされていないのだ。それでも、目に見えないながらも、母親の背後にいる「父親」らしき姿は漠然と感じて成長してはきた。治子の両親が住んでいた家でもないのに——両親の出身は秋田だという——庭のある一軒家に住めているのもそういう家を用意してくれた人がいたからで、奨学金を借りなくとも大学に進学できたのも学費を用立ててくれた人がいたからだ、と勘づいていた。着付けの資格を持つ美容師の治子は、川口や大宮や浦和のホテルで宴会があるたびに、着付けやヘアセットのために呼び出されていたが、そんな仕事で充分な収入になるとは思えなかった。

「父親に認知されていないせいで、入りたい会社から弾かれちゃうのよ」

不採用通知が何通もたまったとき、理不尽な思いに駆られて、そういう環境を作り出した母親に鬱憤をぶつけてしまった。

「あなたのお父さんは、立派な人なのよ。誇りを持ちなさい」

しかし、治子は、娘がどんなに声を荒らげても、穏やかな口調を崩さずに言い返し、こう言葉を継いだ。「お父さんも、きっとあなたを応援しているわ。弱音を吐かずに、信念を持って、自分の思ったとおりに進みなさい」

父親が誰かを娘に明かそうとしない母ではあったが、尊敬できる点があったとすれば、それは人の悪口を言わない点だった。うそもつかなかった。

「どうして、うちにはお父さんがいないの？　どうして、お母さんは結婚しなかったの？」

子供のころ、最初に質問したとき、

「お父さんと出会うのが遅かったの。出会ったとき、お父さんには奥さんも子供もいて一緒に暮らしていたの。日本の法律では、同時に二つの家庭を持てないから、お父さんはあちらの家庭で暮らしているの。お父さんはやさしい人だから、あちらの家庭も大切にしているの」

と、治子は答えた。

「じゃあ、あっちの家庭がなくなったら、お父さんはうちに来るの？」

「それはわからないわ。お父さんがそうしたければそうすればいいし」

「お母さんは、お父さんにこっちに来るように言わないの？　あっちのお母さんは、うちのお母さんよりきれいな人なの？」

厚子にとって治子の美貌（びぼう）は自慢だったから、先方の妻の容姿が母に勝っているとは思えなかった。

娘の質問にちょっと微笑（ほほえ）んでから、

「お父さんの好きなようにすればいいのよ。お母さんは、あなたのお父さんが大好きだから、いまのままでいいの。離れて暮らしていても、わたしたちのことを愛してくれているのがわかるから、それでいいの」

と、治子は答えた。子供のころはそんな論法でだませたかもしれないが、知識がついてくると、世の中には「認知」という法的な手段もあるのだと悟る。婚外子でも父親が自分の子だと認めれば、その子には遺産相続などの権利が生まれる。

しかし、治子はそれさえも相手に求めなかったということなのか。求めなかったとすれば、そして、求めても相手が応じなかったとすれば、あまりにも子供である自分の権利がないがしろにされたことになりはしないか。

そう感じて、厚子は、女手一つで育ててくれた母に感謝すると同時に、激しい苛立ちや反発も持ち続けてきたのである。

5

次の休日。買い物から戻ると、玄関に白い女性用のスニーカーが揃えてあって、厚子はハッとした。胸の高鳴りを覚えながらクーラーのきいた居間へ行くと、やっぱり、そうだ、真理が来ている。テーブルで治子と向かい合って談笑していた様子で、口元に笑みが残っている。

「どうしたの？　そんな驚いた顔をして」

治子が目を細めて、あなたも座りなさいな、と厚子に椅子を勧めた。

「わたしがいてもいいの？」

「何言ってるの。あなた、真理ちゃんの母親でしょう？」

「そうだけど、内定をもらうまでは、わたしからは連絡するなと言われて……じゃあ、内定もらったの？」

「残念ながら、まだなんだ」

と、真理が首をすくめる。

「おばあちゃんが呼んだのよね」

厚子が席に着くと、治子が言った。「ほら、この暑い中、就活で大変でしょう？たまには息抜きも必要だからね」

「プリン買ってきたから、食べて。お母さんの分もあるから」

と、真理がテーブルの上の箱を指差した。もう食べてしまったのだろう、治子と真理の前には空になったカップが置いてある。

「ありがとう。でも、あとで食べるわ」

冷蔵庫にプリンをしまって戻ると、「わたしに会うことが息抜きになるわけ？」と、厚子は真理に聞いた。やはり、皮肉を含んだ言い方になってしまう。

「なるわけないじゃない」

真理は、色つきのリップクリームを塗った唇を尖らせて、負けじと言い返してくる。

「まあまあ、あなたたち」

と、治子が両手を開いて二人をたしなめた。「さっき言ったように、今日のこの場はおばあちゃんがお膳立てしたの。二人にけんかさせるためじゃないわ」

厚子は、気持ちを鎮めるために大きなため息をついた。真理と二人で最後に会ったのは、二月の末だった。そのときも、卒業後の進路を巡って口論に発展したのだった。

「だから、言ったでしょう？　学部学科選びから間違っているって。そもそも、どうして、文学部哲学科なんかに入ったの？」

「だって、美学や美術史を専攻したかったんだもの」

「お父さんの影響ね」

博人は中学校の美術の教師で、たまの休日には自宅で絵を描いたり、美術館を巡ったりする。学校では美術部の顧問で、生徒たちを美術館に連れて行くこともよくある。

「それなら、お父さんのように美術の教師をめざせばよかったじゃない」

「教師はわたしに向いてないと思ったから」

「じゃあ、どういう方向に進むつもり？」

「具体的にはまだわからないけど、食品会社でパッケージデザインとか商品開発にかかわる仕事をしてみたい」

「デザインは、美大で専門的に学ばないとだめよ」

「だめって決めつけることないでしょう?」

「お母さんのほうがよく社会を知っているから、わかるのよ。デザイン会社に出入りすることもあるし。とくに才能もないくせに、デザインやってみたい、なんて子がいっぱいいるから。でも、専門的なスキルも根性もないから何にもできやしない。考え方が甘いのよ」

「そんなふうに入り口で狭(せば)めることないじゃない。やりたいことがあるのはいいことだ、何でもやってみればいい。お父さんはそう言ってくれたよ」

「お父さんも甘い人なのよ。あなたの将来を真剣に考えていない。一番真剣に考えているのは、やっぱり、お母さんなのよ」

離婚する前から何度もぶつけた持論を、このとき、厚子はまた繰り返した。「あなたは一人娘なのよ。お父さんもお母さんも先に死んでしまう。将来、きょうだいの助けも借りられないから、一人で生きていかないとならない。そのときに助けになるのが専門的な知識や技術なのよ。すなわち、手に職をつけるのが最良の方法なの。真理は、中学高校と、せっかく、理系が強かったんだから、そっちに進んで製薬会社でも狙(ねら)えばよかったのよ。リケジョの就職率は抜群でしょう？　家政学部で栄養士の資格を身につけるって方法もあったわね。あなたの成績なら、薬学部でも、いいえ、医学部でも夢じゃなかったわ。それなのに、文学部のしかも哲学科なんて、わけのわからない学科を選んで。学芸員の資格なんて嫁入り道具にしかならないのよ。それに、学生時代、何かに打ち込んだ経験もないでしょう？　将来の進路を考えたら、体育会系のサークルに入るべきだったのに、大学でも名ばかりの美術サークルなんかに入って。それも、どうせ、お父さんが勧めたんでしょうけど。面接でアピールするポイントがないじゃないの。それから……」

「もういい、わかった。いつも同じ。お母さんとは価値観が合わない」

真理に冷たく遮(さえぎ)られて、二月の面会は終わった。それから、すぐに就職活動に入り、会社説明会が始まったため、いままで真理とは接触することなくきたのだった。

離婚の理由の一つに、一人娘に関する教育方針の違いが挙げられるかもしれないが、大きな理由は、真理が言ったように互いの価値観がずれていたことだろう。博人は、生徒や保護者からの信頼の厚い熱血教師だった。生徒一人一人の個性を尊重し、ていねいに指導する。準備に時間をかけて、授業にも部活動にも手を抜かない。根っからの教育者で、仕事好き。体調を崩した同僚教師のかわりに、まったく関係のない部活動のために休日出勤するような人のよさもあった。

しかし、熱心になりすぎたためにしわ寄せがくるのが家庭である。当時、厚子も勤務先の市場調査の会社で重要なポストに就いたばかりだった。平日だけでなく休日も家にいない夫に当然ながら腹を立てた。「あなたは家庭より、一人娘の真理より、他人である学校の生徒のほうが大切なの?」と、不満をぶつけたこともあった。

そんなときに、不信感を抱かせられるような「事件」が起きたのだ。博人が顧問をしていた美術部の部員に母子家庭の子がいたが、夏休み、その子が家出をした。学校を通して母親から連絡があり、夜中に博人は飛び出して行った。そして、二日間帰宅しなかった。その子は見つかったのだが、そのあいだ博人がその子の母親とずっと一緒だったことがわかり、「学校や保護者に知れ渡ったら、いきすぎた指導だと問題になるわ」と厚子は危惧した。けれども、よっぽど博人は信頼されていたのか、さほど問題視はされず、事件そのものはおさまった。ところが、何日かして厚子は、家出した女の子の母親から博人あてに届いた手紙を見つけてしまったのだ。それは、まさしくラブレターだった。博人に突きつけると、「彼女のほうはそのつもりかもしれないが、俺は違う。きっぱり断った」と言う。その説明で納得できなかったのだから、厚子は、われながらいかに嫉妬深い性格かにそのときはじめて気づいたと言っていい。

嫌悪感が高じて、「しばらく離れて暮らしましょう」と厚子のほうから提案した。結果的には、別居が次第に長引いて離婚へとつながってしまったのだが、厚子が驚いたのは、多感な年ごろであるはずの真理が、生徒の母親と危うい関係になりかけた父親を不潔だとも思わず、嫌悪感も抱かず、「わたしは、このままここにいる。お父さんと一緒に暮らす」と、母親について家を出ることを選択しなかったことだった。そして、「だって、お母さんとは価値観が合わないから」という衝撃的な発言である……。

「……というわけで、わかった？」

治子の声が突然耳に入ってきて、離婚時を振り返っていた厚子は、女三代が顔を揃えている現実に引き戻された。

「真理ちゃんに、あなたの就活体験を自分の口から語って聞かせるのが一番いいんじゃないか、ってこと」

「あ……ああ、そうね」

母と娘のあいだには確執がある。孫娘の信頼を得ている祖母が「仲直り」の場をセッティングしてくれたということか。そう解釈して、厚子は控(ひか)えめにうなずいた。確かに、治子がクッション役になって、母と娘が正面からぶつかり合わずにすむかもしれない。

「わたしも聞きたいわ。大昔のお母さんの就活体験のことを」

挑戦的に少し顎を上げて、真理が言った。

「苦戦したわよ。あなたの比じゃないくらい」

ため息をついてから、厚子はそんな言葉で切り出した。いいチャンスだ、と思った。いままで治子にも話さずにいたことである。

「うちは母子家庭だったし、当時は女性や労働者の地位を守る法律も、プライバシー保護の概念(がいねん)もないに等しかったから、父親がいないということで、しかも、婚外子ということでひどい差別を受けたわ。『母と二人暮らしです』と言うと、必ず『お父さんは？』と聞かれて、答えに窮していると、向こうも察するのね。後日、不採用通知が送られてくるの。理由はそれだけじゃない、と言われるかもしれないけど、筆記試験の手ごたえがよかったときも同じだったから、そう思わざるをえなかったの」

「そうなんだ」

一気にまくしたてると、真理がそう受けて、大きく息を吐いた。そして、傍らの治子を気遣うような表情を見せたので、

「別に、おばあちゃんのせいだと言ってるわけじゃないのよ」

厚子は言いながらも、やはり視線はその治子に向けた。

治子は黙っている。

「でもね」

と、そこで厚子は声を張り上げた。「それで引き下がったら、人生、負けだと思ったわけ。開き直ったというか、どうせだめなら最後に本音をぶちまけてやろうと思ったのね。二十社くらい続けて落とされて、二十一社目だったかしら。いつものように筆記試験をパスして、一次、二次面接と進み、最終面接までいったとき、いままでと同様に家族構成を尋ねられたのね。『母と二人暮らしです。父はいません。単身赴任でも、病気で亡くなったのでもありません』と答えたあと、聞かれもしないのに、『わたしの母は、結婚せずにわたしを産みました。わたしは私生児です。自分の力で

はどうしようもできないそんな理由でわたしを落とすのでしたら、どうぞ落としてください。そういう偏見に満ちた会社なら、こちらからお断りします。そういう会社で自分の能力を発揮できるとは思えないし、そういう会社で働いても楽しいとは思えませんから。わたしは、誰にも負けないくらいの体力、気力を持っている自信はあります。わたしを採用しなかったら、御社は大損すると思いますが、いたし方ありません』と、たたみかけてやったの。胸がすっきりしたわ。いままでの鬱憤が全部晴れたみたいで。言いたいことを言って、そこまで自分をさらけ出したんだから、当然、不採用だと思っていたわ。それなのに、驚いたことに、もう諦めたころに採用通知がきたの。それがいまの会社なんだけどね」

「そうだったんだ」

感心したように、真理は大きく首を横に振った。「お母さんのそういう話、はじめて聞いたわ」

「はじめて話したもの」

そう切り返しながらも、厚子の関心は母親の治子へと向けられている。治子はどういう心境で聞いていたのだろう。

治子は、視線をそらせたままだ。

「お母さんが言いたいのはね、飾らない素の自分を見せて、誠心誠意話せば、あなたの熱い思いは必ず相手に通じる、ってことなの。だから、もっと自信を持ちなさい。わかった?」

「わかった……気がする」

厚子の言葉に、真理は深々とうなずいた。

6

「あのときは、本当にびっくりしたね」

峰村(みねむら)は、もともと大きな二重(ふたえ)の目を見開いてカウンター越しに言い、笑った。「『わたしを採用しなかったら、御社は大損すると思います』なんてね。あんなふうに啖呵(たんか)を切ったのは、あとにも先にも梶原さんだけで、ずいぶん大物が現れたと感心したものだよ。いまでもOBが集まると語り草になっているくらいでね」

「やめてください。怖(こわ)いもの知らずだったんです」

厚子が顔を赤らめると、

「いやあ、あのころは、本当に、まだ男女差別や偏見がまかり通っていた時代だったよな」

と、峰村は、当時を思い出すような目をして言った。「そんな梶原さんがバリバリ仕事をして、いまはもう立派な管理職なんだからね」

「いえいえ、そんな」

厚子も謙遜（けんそん）しながら、当時を懐（なつ）かしく思い返した。

とうに定年退職している峰村だが、厚子が入社したときは人事部にいて、最終面接にも立ち会っていた。定年退職後、昔からの夢だったという古書店カフェを杉並区の荻窪（おぎくぼ）に開いた峰村を、厚子は休日に訪ねたのだった。「本好きでコーヒー好きだからね、趣味で小さな店を開いたんだよ」と言っただけあり、その趣味につき合ってくれる人はそう多くないようで、店内に客はまばらである。

「もう時効だと思うのでおうかがいしますけど」

カプチーノがカウンターに置かれると、厚子は切り出した。「あのとき、誰が『あの子を採用したらどうか』って言い出したんですか？　あんなふうにずけずけともののを言う子は社風には合わない、そう言って強固に反対した人だっていたはずですよね」

「さあ、どうだったかな」

と、峰村は首をかしげる。

「峰村さんはどうだったんですか？　わたしを採用することに賛成だったんですか？　それとも、反対だったんですか？」

「賛成派が多かったから、採用に至ったんだろう」

峰村は、自分がどちら派だったか明確にせずに、そんなふうにはぐらかして答えた。

「そういうときって、どうなんでしょうね。やっぱり、影響力の大きな人がいて、その人の意見にみんな引きずられるんでしょうか」

三十年以上がたったいまでも、自分がなぜ採用されたのかわからず、厚子は採用決定の裏側がたまらなく知りたくなった。

「あの衝撃の私生児告白がなくても、君は採用されていたんじゃないかな。筆記試験の成績は群を抜いていたし、何よりもその英語力を買われてね」

「そうでしょうか」

やはり、納得がいかない。それならなぜ、それまでの二十社で採用に至らなかったのか、という疑問が頭をもたげる。

「それより、何か相談があって来たんじゃないの？　梶原さんがうちに来るなんて珍しいからさ」

カプチーノを飲む厚子を見ながら、峰村が聞いた。

見抜かれた、と厚子は思った。が、切り出せずにいた。

「よりを戻せばいいんじゃないの？　嫌いで別れたわけじゃないんだろう？」

復縁についての相談に来たと思われたらしい。職場での呼称は変わらないが、離婚したことはまわりに知られてしまった。

「それが、母といる生活が楽になって、もとに戻るのが億劫になってしまっているんです。いまは母が家事をしてくれているから、わたしは仕事に専念できますし」

「そうなんだ。それじゃ、何？」

「娘のことなんです」

「梶原さんは、娘さんが一人だったよね」

「ええ。いま大学四年生なんですけど、別れた主人のほうにいて、就活中で……」

「まだ内定をもらえずに、苦労しているとか？」

「そうなんです。それで、どこかご存じのいい会社はないかと思いまして」

「ぼくが懇意にしている会社はないか、ってこと？」

そう表現を変えると、「残念だけど、もうどこども縁がなくてね」と、峰村は首を横に振った。

「すみません。変なお願いをしてしまって」

「やっぱり、梶原さんも普通のお母さんなんだね。娘さんのことが心配でならないのかな」

峰村は、大きな目を細めた。

「あの子、不器用な子で、学業もサークル活動も中途半端で、何もアピールするものがなくて」

「そう思っているのは、母親だけじゃないかな」

だめだよ、というふうに峰村は人差し指を立てて左右に振る。「あんなふうに啖呵(たんか)を切った元気な梶原さんの娘さんだもの、生まれつき芯の強さは持ちあわせているんじゃないかな。そんなに心配する必要はないよ。そのうちきっと、いい会社との出会いがあると思うよ。梶原さんがそうだったようにね」

7

峰村の言葉は本当だった。

暑かった八月が過ぎ、カレンダーが九月に変わった途端、「内定が出たよ」と、真理本人から電話があった。ギフト関係の通販カタログを中心に作っている会社だという。「とりあえず、みんなで祝賀会というか、食事会を開こうか」と博人からも連絡があり、浦和のホテル内の中華レストランに集まった。

「最初は眼中になかった会社だったんだけど、行ってみたら雰囲気もよくて仕事も楽しそうで。何となく、この会社に呼ばれている、って気がしたら、向こうから採用の連絡がきたの」

おめでとう、と乾杯をしたあと、真理は頬を上気させ、声を弾ませて報告する。

「結婚式の引き出物なんかを載せたカタログがあるけど、そういうのを作る会社なの?」

「結婚式の引き出物ってね、ペアカップとかお皿とかタオルだけじゃないんだよ。いまは、お取り寄せの地方の名産物のほか、各種体験グッズも人気があるんだから」

と、自慢げな表情で真理が治子に説明した。

「各種体験グッズって？」

「一日陶芸教室体験とかカヌー体験とか。もちろん、女性に大人気のエステ体験も」

治子の質問に明るく答えた真理が、「新人でも、積極的に体験型の商品を企画して、提案することができるんだって。面接で『あなたはどんな商品がいいと思いますか？』って聞かれたから、『好きな俳優が主演する映画の特別試写会への招待券はどうでしょうか。その俳優との握手券付きで』って答えたら、みんなに笑われちゃって」と続けたので、その場の三人も大笑いした。

「真理もけっこう度胸があるわね」

「お母さんの子ですから」

真理は、厚子に向かって舌を出した。

「それで、どうなの？　いまは、『あなたを採用します』って報告は、みんなパソコンメールとか携帯メールでくるのかしら」

　ふと思いついたように、箸(はし)を置いて治子が言った。

「そうなんじゃないかしら」

　厚子が首をかしげると、

「俺たちのころは、きちんと封書できたものだけどな」

と、教職に就く前に銀行も受けたことがあったという博人も首をかしげた。

「そうよね。手紙でくると、やっぱり感動が違ったものね。封を開けるときは心臓がドキドキして。大学の合格発表も電報でくる時代だったかしら」

　と、厚子も当時を思い起こした。

「メールで採用通知がきたあと、手紙でもきたよ。いまは偽メールもある時代だし、電話やメールじゃ信用できないって人もいて、文書と二本立てで、って会社も増えているみたいで」

　ほら、と真理がバッグから封筒を取り出して、母親の厚子にではなく、祖母の治子に渡した。

「まあ、やっぱり、紙の感触はいいわね」

　と、中に入っていた紙を広げて治子が言った。

「でしょう?」

　と、真理が応じる。「何かこう温かみがあるよね。ずっと大切にとっておけるし。メールなんかはデータが消えたらそれで終わり。手紙は永遠。やっぱりいいよね」

「とにかく、よかったね。真理ちゃん、おめでとう」

　もう一度、孫娘とジュースのグラスで乾杯してから、「おばあちゃんも嬉しい報告があるの」と、治子はテーブルのほかの二人へと視線を移した。

「何?」

　眉をひそめた厚子に言葉で返さずに、治子もバッグから封筒を取り出した。

「ほら、真理ちゃん、見て」と、最初に孫娘に渡す。

　封筒の中から紙を引き出して広げた真理は、「おばあちゃん、これって……」と、言葉を詰まらせた。

「見せて」

　急いで娘の手からそれを奪い取った厚子も絶句した。

　婚姻届だった。治子の氏名の隣に、知らない男性の氏名が達筆な字で書かれている。

「嬉しい報告って、まさか……」

「お義母さん、結婚なさるんですか？」

厚子の言葉のあとを博人が引き取った。

「そうよ」

治子は、にっこりしてうなずいた。

「もしかして、この人って……」

厚子は、元夫と顔を見合わせた。相手も同じことを考えているのがその顔色でわかった。

「そう。あなたのお父さんよ」

あっさりと治子が認めた。

「じゃあ、あちらの家庭は？」

「奥さんが亡くなって、あの人、一人になったの。だから、わたしとの再婚を決意してくれたの。もともと、そういう約束だったんだけどね」

「約束って……」

——独身に戻ったら君と結婚する。

そういう約束を、わたしを産んだときにすでにしていたという意味か。厚子は、流れた年月を数えて気が遠くなった。

「でも、七十七歳で結婚するなんてすごいね」

と、若い真理ははしゃいでいる。「この綾小路耕造って人がおばあちゃんの夫になるわけね。綾小路なんて、何だかお金持ちそうな名前だね。どこかで聞いたことがある気がするけど」

「綾小路グループ」

ハッと思い当たったように博人がつぶやき、こわばった顔を厚子に向けてきた。

綾小路グループなら厚子も知っている。貸しビル業で有名な不動産を多数所有し、ホテル経営や観光事業にも進出している企業グループである。

「まさか、その綾小路グループとは関係ないんでしょう？」

厚子が聞いても、治子は微笑みを返すばかりだった。

「それで、本当に残念なことなんだけど、あの人も八十五を超えて先が長くないのよ。がんにかかっていて余命半年と医者に宣告されてね。でも、少しのあいだだけでも紙の上でわたしと夫婦になりたい、昔の約束を果たしたい、と言ってくれて」

「その……あちらにはお子さんはいらっしゃるんですか？」

おそるおそるといった感じで博人が尋ねた。

「ええ」

と、涼しい顔で治子が答える。「三人いるかしら」

「大丈夫なんですか、お義母さん。高齢になってから入籍すると、いろいろ問題が生じて、ごたごたもめるとかで……」

相続の問題だろう、と厚子は察したが、言葉にすることはできなかった。頭の中はほかの考えで占められていた。母親の結婚相手が綾小路グループの親族だとすると、昔、自分の就職のときにも彼が何らかの形でかかわっていたのではないか。たとえば、何らかの口利きをしてくれたのではないか……。そういう疑念が不意にわき起こってきたのだ。それが本当だったとしたら、強力なコネになったのは間違いない。

「あら、博人さん。あなた、学校の先生でしょう？　学校で法律を習わなかったの？」

治子は、おかしそうに口に手を当てると、こう言葉を継いだ。「婚姻は、両性の合意のみに基づいて成立する、とあるでしょう？　第三者は関係ないの」

「それはそうですが」

博人は、救いを求めるように厚子を見た。

――そういうことだったのね。

厚子は何も言えずに、老いてもなお美しい母の横顔を見つめていた。朝晩、仏壇でひたすら手を合わせていた治子。心配をかけたという秋田の亡き両親に語りかけているものと思っていたが、そうではなく、ほかのことを祈っていたのかもしれない。たとえば、若いときに自分が結婚できなかった男の妻の死を願っていたとか……。長い時間拝んでいたあのときは、再婚を決意してくれた男――厚子の父親に感謝の言葉を伝えていたのかもしれない。

「とにかく、おめでたいことだよね。じゃあ、もう一度乾杯。おばあちゃん、すごい晩婚とはいえ、結婚おめでとう」

真理は、素直に祝意を表現した。

「ありがとう」

艶然(えんぜん)と微笑む治子に、厚子はしたたかな女の顔をのぞき見た気がした。

第二話　二年半待て

1

「婚姻届を出すのは、もう少し待ってほしい」

「いつまで待てばいいの？」

「三年、いや、二年……待ってほしい」

「どうして？」

「いまの仕事に慣れて、生活の基盤を築くまでは」

「新しい仕事に就いたばかりで、まだ自信がないってこと？」

「それもあるけど、それに……」

「それに？」

「あ、いや、何でもない」

「わかった。あいだをとって、二年半待つわ」

「ああ、うん。二年半で……ちょうどいいかもしれない」

「ちょうどいい、って？」

「いや、とくに理由はないけど」

「本当に、二年半待ったら、はっきり答えを出してくれるのね」

「うん」

「信じてる、その言葉。わたしだって、いつまでも待ってられないから」

「うん、わかってる」

2

「あなたも婚活(こんかつ)してみたらどうかしら」

頭の中でようやくまとめあげた文章を切り出そうとしていたところに、母の清子(きよこ)から先制攻撃を受けて、梓(あずさ)は面食らった。

「ほら、こういう案内をいただいたのよ」

清子から見せられたのは、地元の新聞社と結婚式場を運営する会社が共同で企画した「未婚の男女のためのクリスマスパーティー」のちらしだった。参加費用は、男性が八千円で女性が四千円。女性の参加資格の上限が四十歳となっているので、現在三十歳の梓は充分その条件にかなっている。

「新聞社主催だから、安心でしょう？　身元のしっかりした男の人ばかりで、変な人は来ないはずよ」

「婚活は、わたし……」

どう断ればいいのか、梓は言葉を探しながら、「身元のしっかりした」という表現に引っかかりを覚えていた。

「本当に、わからないものよねえ」

娘の心の迷いにつけこむようにため息をついて、清子はこう続けた。「『結婚なんてしない』『子供なんてほしくない』と言っていた里奈が早々と結婚して、子供を産んで、育児に奮闘しているなんて」

里奈は、梓の二つ違いの妹である。「それに引きかえあなたときたら」というそれに続く箇所を省いたのは、長女の自分に対する母親としての思いやりだろう、と梓は解釈した。

しかし、梓は、小さいころから「将来、早く結婚したい。早く子供がほしい」と積極的に声を上げていたわけではなかった。ただ、学校の成績がよくて性格も明るい、両親の自慢の子だった妹にコンプレックスを抱いていたから、〈特別な能力もないわたしは、普通に結婚して家庭を持ち、平凡な人生を歩むのが一番いいのだろう〉と、漠然とした人生観を持っていただけだった。

梓と里奈の父親は、群馬県内の市役所の公務員で、清子とは見合い結婚だった。家は埼玉県熊谷市にあるが、県境を越えて自家用車で通勤している。

「まじめを絵に描いたような人、というのが第一印象で、実際そのとおりの人だったけど、この人なら絶対に道を踏みはずさない、と思ったから結婚したのよ」

と、清子は自分の結婚について娘たちに語ったことがあったが、その言葉からもわかるとおり、清子は慎重な性格である。何でも、父方の親戚に大の酒好き博打好きで、警察の世話になった人がいたとかで、「結婚するならお酒も飲まなければ、ギャンブルもやらない人」という条件ははずせなかったという。

母親の考えが頭に刷り込まれていたのだろうか。里奈が選んだ結婚相手も、やはり、酒も飲まず、競馬にもパチンコにも興味のない男だったが、父親と違うのは、話好きで場を盛り上げるのが上手な点だった。

国立大学を卒業した里奈は、入社した大手のＩＴ企業で夫と巡り合った。梓は、

「仕事が楽しいから、結婚なんて考えられない」と言っていた妹が、入社して四年目に結婚を決めたのにも驚いたが、お腹に宿った子が双子だとわかるなり、制度が整っているにもかかわらず育休をとらずに辞めることを選んだのにも驚いた。

「一流企業の正社員の座を捨てるなんて、もったいないじゃないの」と梓が言ったのに対して、「籍だけ残しておくって考えが嫌いなの。絶対にどこかにしわ寄せが生まれるから。ここは潔く辞めて、子供に手がかからなくなったらまた社会に復帰すればいいんだから。どこかにわたしの座る席くらいあるでしょう」と、里奈は楽観的に返したのだった。自分の能力に自信があるからだろう、と梓は思った。

そんな才能に恵まれた妹が一時的にでも家庭に入り、家事と子育てに専念するという。それなのに、何のとりえもない平凡な自分がその平凡な人生さえも歩めない。梓は、そのことに自虐的になり、苛立っているのかもしれなかった。

「別にかた苦しく考えなくてもいいのよ。いまは、婚活にもいろいろあって……」

清子の言葉に憐憫の色合いを感じ取った梓は、

「お母さん、わたし、つき合っている人がいるの」

勢いで言ってしまった。もともと、交際している男性の存在を打ち明けようとしていたところだったのだ。

「えっ、それ、本当なの？」

　眉をひそめた清子は、「どういう人？　どこの何ていう人？　いまいくつなの？

何をしている人？」と、質問をたたみかけてきた。

「二十八歳で、大手の飲料メーカーに勤めている人だけど」

　答えやすい質問事項にだけ答えた。

「あなたより年下じゃないの」

「彼は早生まれだから、学年では一つ下なだけ」

「大学は出てるの？」

　価値観が如実に表れる質問を、清子は平気で向けてくる。

「いちおう」

「その人とはどういうおつき合い？　もう長いの？」

「知り合って半年くらいだけど、真剣につき合っているつもり」

「プロポーズされたの？」

「えっ……あ、うん」

しかし、婚姻届を出すのはもう少し先に、と言われているのだ。

「その人に会わせてよ」

当然世の母親たちが口にする言葉を、清子もまた口にした。

「ああ、うん。もう少し……待ってほしいんだけど」

梓は、恋人から言われた言葉を清子に返した。

3

時間を気にしながら出入り口へ視線を送っていると、手を上げながら典生(のりお)がやって来た。

「お待たせ」

「お疲れ」

短い挨拶(あいさつ)から始まり、すぐに店員に「ウーロンハイ」と注文するのもいつものことだ。梓の前には梅サワーのグラスが置かれている。

「今日、母に話したの、典生のこと」

典生がお手ふきで顔を拭うのを見て、梓は用件に入った。二人で過ごせる時間には限りがある。日付が変わる前の高崎線で帰らなくてはならない。

「で、何だって？」

作り置きかと思われるほど早く運ばれてきたウーロンハイに口をつけて、典生が聞いた。

「会わせてほしいと言われたけど、もう少し待って、と言っておいた」

細かな質問の内容は伝えずに、それだけ報告する。

「ふーん」

典生も踏み込んでは聞いてこない。

「新しい仕事には慣れた？」

「まあね」

「きついんじゃないの？」

「きついことはきついけど」

「正社員になれそう？」

「うーん……どうかな。仕事内容が思ったより厳しそうで」

言葉を濁した典生を見て、梓は彼の身体が心配になった。疲労が表情ににじみ出ている。

仕事を二つ掛け持ちしている典生は、以前から勤めていた大宮駅の東口にある居酒屋の仕事を終えて、駅近くの待ち合わせ場所に駆けつけて来たのだった。

梓は、さいたま市内の物流会社に事務員として勤めている。最寄り駅は大宮駅から一つ上野寄りのさいたま新都心駅である。何をやりたいという明確な目的もなく埼玉県内の短大に進み、卒業後、周囲に勧められるままに自宅から通える会社を選んだ。選ぶ基準は、母親の価値基準そのままに「堅実な会社」になった。正社員として採用されたのだが、配置された部署には年長者が多く、既婚男性ばかりだった。二年に一度の割合で年齢的につり合う男性社員が回されてきて、そのうちの一人からデートに誘われたこともあったが、こちらの心が動かされないことにはどうしようもない。ときめきを覚えるような男性が現れないままに、梓は気がついたら三十歳になっていた。

典生と知り合ったのは、彼のバイト先の居酒屋だった。仲間内で何回か飲みに行くうちに顔見知りになり、ある日、カウンター越しにそっと渡された紙に彼のメールアドレスが書いてあって、個人的に連絡を取り合うようになった。

梓が「この人となら一緒に生きていけるかも」と意識したのは、彼から中学時代のエピソードを聞かされたときだった。

小学校時代の典生の親友が、同じ中学校に進んでからクラスでいじめの対象になってしまったという。身体が小さく気が弱かった典生は、いじめられている親友をかばうまでの男気は出せず、せいぜい職員室の担任の机に匿名の告発メモを置くくらいしかできなかった。途中で典生は転校したので、そのあとのことは知らないというが、最後まで傍観者の立場でいたことをいまでも後悔していると語った。梓もまた、クラスでいじめを見てもなす術もなく傍観していただけだったので、典生に共感を抱き、強烈に惹かれたというわけだった。

その後、高校生になった典生は飛躍的に身長が伸びて、いまでは百八十二センチになり、バイト先では力仕事を任されることも多いという。

「だけど、やっぱり、何とか踏ん張って正社員にならないと」

典生は、自分に言い聞かせるように力強く言い、うん、と大きくうなずいた。「だって、正社員にならないことには、借金を返していけないし」

「そうね」

梓も肯定したものの、「借金」という言葉には釈然としない思いが拭えず、うなずくことはできなかった。

大学進学のために借りた奨学金も、借金には違いない。

「だけど、仕事がきつくて身体を壊したりしたら元も子もないじゃない」

「大丈夫だよ。何とかやってみる。居酒屋のバイトだけじゃ充分な収入にはならないし」

典生は軽く微笑んでみせたが、何げなく肩を回すしぐさで、新たに始めた仕事が肉体的にかなりの負担になっているのだろう、と梓は察した。

清子にはうそをついたわけではない。典生のことを「大手の飲料メーカーに勤めている人」と説明したが、彼の勤務先は大手の飲料メーカーの配送部門を請け負う子会社だから、グループ会社には違いない。決められた地域に設置された自動販売機に商品を運搬して補充するのが彼のおもな仕事で、正社員登用までの半年間は、社員について営業所から商品を車に積み込み、各自販機に商品を補充しがてら売上金を回収し、営業所に納付するという一連の流れを把握し、業務の潤滑化をはかるまでの期間にあてられている。飲料水の入った重い箱を自販機のあるビルの上階まで運んだり、温かい飲み物と冷たい飲み物とを分別することを要求されたりするなど、想像以上に労力と神経を遣う仕事なのだ。受け持ち区域も決して狭くはないという。

「無理しないでね。わたしも貯金くらいはあるし」

「君の貯金に手はつけられないよ」

「でも……」

梓は、言いよどんだ。男としての彼のプライドを傷つけてはならない。

「二年ちょっとで収入も安定して、借金返済のめどもつくと思うんだ」

と、典生は明るい声を出した。

「そうね。それまでわたしもがんばるわ」

と、梓も微笑んだ。自分との結婚を真剣に考えてくれている彼のために、やさしい言葉をかけるしかいまはできない。梓は自宅通勤だから、家賃がかからない分、貯蓄はできる。それを二年後の結婚資金にあてればいい。

――それにしても、大学を出るだけでこんなに借金しなくちゃいけないなんて。

うつむくとまつ毛の長さが際立つ。典生の人形のように長いまつ毛を見ながら、梓の中に改めて彼への同情心がわき起こった。

中学三年生のときに両親が離婚した典生は、母親に引き取られて、母親の実家のある茨城県内の高校に進んだ。国立大学の入学試験に失敗し、一浪して東京の私立大学に入学したが、そのときに借りた奨学金が、いま彼の首を絞めているのである。

梓は典生の話を聞いて、つくづく自分は恵まれた環境のもとで育ったものだと両親に感謝した。いや、それまで、自分が特別裕福な環境に置かれているとは感じていなかった。しかし、教育資金にこと欠くような貧困家庭の子供が増加している現代において、学資をポンと親に出してもらえることがいかに恵まれたことなのかに、彼と出会って思い至ったのだった。

梓の家庭は、奨学金とは無縁である。梓も里奈も高校までは公立だったし、国立大学への進学など夢であった梓に対しても、両親は「世間体もあるし、どこか大学くらい出ておかないと」という勧め方をした。家庭にそのくらいの余裕はあったから進学を勧めたのだろう。勉強好きとは言えなかった梓が「じゃあ、家から通える短大に」と譲歩した形だった。

奨学金という言葉は知っていても、実態についてはくわしくなかった梓だが、典生とつき合い始めてから知識を得た。

　日本でもっとも多く利用されているのが、独立行政法人日本学生支援機構の奨学金であり、現在、大学生の約四割がこの機構から奨学金を借りているという。典生もここから借りた。国内向け奨学金には、貸与型で利子がつかない第一種と、貸与型で審査が緩いかわりに有利子の第二種の二種類がある。つまり、日本における「奨学金」は、「給付型」を意味するものではないのだ。大学に入るために借りた金は、大学を出たら働いて返さなければならない。

　家からの仕送りもなかった典生の借り入れ金額は、当初の五万円から引き上げられて月十万円。四年間の返済総額は、利子を含めて四百八十万円。毎月一万八千円ずつ返済していかねばならない。

「最初は、そのくらい楽に返済できると思ったんだ」

　交際がスタートして二か月たったころ、奨学金の話題を切り出して、典生はそう言った。「だけど、最初の就活でつまずいて、就職浪人になってしまったとき、これじゃいけない、と焦ってね。居酒屋チェーンでバイトを始めて。バイトしながら就活するつもりだったけど、明け方まで仕事する日が続いて、疲れがピークに達してね、大事な面接に遅刻したりしてだめだったんだよ。時間がたつにつれて、どんどん条件も悪くなっていくし、希望に合う仕事も見つからなくなって。この年になったら、どこへ行っても『正社員歴はないんですね』って言われて敬遠されてさ」

自嘲ぎみに笑って話した典生に、「諦めちゃいけないわ。わたしたち、まだ若いんだもの」と、梓はまるで同志のような熱い感情を覚えて励ました。その「わたしたち」という言葉に勇気づけられて、典生は梓との結婚を意識するようになったのかもしれなかった。

現在の典生のバイト先は、そのときの居酒屋チェーンとは違う。勤務は午後五時から十時までだが、早朝から夕方までは自動販売機の商品補充の仕事が入っている。

「いまの俺なんか、家族に紹介できないだろう?」

そう聞かれて、梓は、そんなことないよ、と即答できない自分を恥じた。少なくとも、母親には猛反対されるに違いない。両親が離婚した家庭で育ち、正社員の身分でないことは、「身元がしっかりしていない」ことにつながるのだろうか。母親が一番気にするのは、やはり、彼に借金があるということだろう。

正社員の自分が働いて彼を支える。そういう覚悟はできているつもりだが、彼と家庭を築いたら、いずれ子供もほしくなるだろう。子育てをしながら、仕事を続けていける自信があるかと問われれば、あると言い切れる自信はない。あの有能な里奈でさえ、子育てに専念しているのである。

梓の胸の中に不安が広がっていく。

4

「やっぱり、気後れするよな」

と、通路に面した門扉(もんぴ)の前で典生が言い、ため息をついた。「いいマンションじゃないか。家賃も安くはないだろう?」

「そんなこと気にしなくていいのよ。ちょっと顔を見せるだけだから」

梓は、しりごみしている典生に軽い口調で返したが、内心では〈どうしてこんな展開になってしまったのか〉と、少しばかり後悔していた。

売り言葉に買い言葉。そんな状況だったかもしれない。

「梓、あなた、本当につき合っている人がいるの?」

と、清子が娘の態度に不信感を抱き始めたのである。「婚活、婚活、って言われるのがうるさくて、恋人がいるなんてうそをついたんじゃないの？」

「違うよ。本当にいるの。飲料メーカーに勤めている人、って言ったじゃない」

「だって、どこの誰か、名前も教えてくれないじゃない」

「それは、まだ……」

「素性を明らかにできないような人なの？」

「そういうわけじゃないけど」

「母親に会わせられないような人を、お父さんも認めるはずがないでしょう？」

「里奈には言ってあるから」

つい口から飛び出してしまった。

それで、すぐに里奈に電話したら、「ついにお姉ちゃんにも春がきたか。じゃあ、彼に会わせてよ」という話になり、休日に豊島区内の里奈の家に二人で行くはめになったのだった。

玄関には里奈が出て来た。「こちら、山崎（やまざき）典生さん」と、梓が隣の典生を紹介すると、「山崎です。よろしくお願いします」と、彼は神妙な顔で挨拶した。

「妹の里奈です」

里奈はにっこりして、早々に「山崎さん、お姉ちゃんをよろしくお願いしますね」と言い添えるのを忘れなかった。

通されたリビングルームは、双子の赤ちゃんがいるとは思えないくらい片づいていて、わが妹ながら梓は感心した。昔から里奈はてきぱきしていて要領がよかったが、それが片づけ上手に結びついているのかもしれない。

「赤ちゃんたちは？」

訝（いぶか）って聞くと、

「奇跡的に二人とも寝ているのよ。双子って不思議ね。寝るときも一緒なら、お腹がすいて泣くときも一緒。せいぜい数分のずれしかないの」

「裕也（ゆうや）さんは？」

里奈の夫の姿がない。

「いるよ。自分の部屋でパソコンに向かってる。ＩＴ関係って、持ち帰り仕事が多いの。平日も休日も一緒。彼って、ひと区切りつくまでは邪魔（じゃま）されたくない性格でね」

里奈は、梓に向かって顔をしかめてみせると、視線を典生に移した。「山崎さん、念を押すようですけど、お姉ちゃんをよろしくお願いしますね。こんなこと言うと、照れちゃうかもしれないけど、わたし、お姉ちゃんが三十まで待って選んだ人だから間違いない、って思っているんですよ」

「ああ、はい」

典生は、顔を赤らめて困惑している。

「何が間違いない、って?」

と、ドアを開けてリビングルームに入って来たのは、裕也だった。

「やあ、いらっしゃい」

裕也が柔和な笑顔で迎えたのに対して、「こんにちは。お邪魔しています」と、典生は顔をこわばらせてぎこちない挨拶を返した。

「うちのダンナさん」

と、里奈がおどけたように首をすくめて典生に夫を紹介すると、「こちら、お姉ちゃんの彼の山崎典生さん……というか、婚約者って紹介していいの?」と、梓と典生を交互に見た。

「いちおう、将来を考えて交際しているつもりだけど」

梓が答えると、そういう大事なことは男性から言ってほしいという表情になって、里奈が典生へ顔を振り向けた。

「はい、ぼくも梓さんと結婚したいと思っています」

典生が緊張ぎみに答える。

「いつ？」

「そうね、二年くらいしてから」

その質問にもまた先に梓が答えると、

「二年したら、お姉ちゃんは三十二歳になっちゃうよ。それから出産を考えるとしても、第一子を産むのは三十代半ばかしら」

里奈は少しきつい口調で返すと、ふたたび典生へ顔を向けて、「どうしてお姉ちゃんを二年も待たせるんですか？」と、不満そうな感情を言葉に乗せて尋ねた。

「それは、彼が新しい仕事に就いたばかりだから。その仕事に慣れるのが大体二年くらいじゃないかと考えて……」

梓が言葉をとぎらせると、

「転職したんですか？」

と、里奈がまっすぐ典生を見据えて聞いた。

「転職」という言葉を耳にして、隣に座った裕也がわずかに眉をひそめたのを梓は見逃さなかった。

「ああ、ええ。飲料メーカーに」

典生が答えて、どこまで詳細に話すべきか、相談するように梓を見た。

「どんな部署に？」

踏み込んできたのは、裕也だった。

「配送関係」

梓はそう答えたが、それだけでは突っ込まれると直感し、「配送の管理というか」とつけ加えた。

「そうですか」

その漠然とした説明で、いちおう裕也は納得した様子だった。

「ああ、ごめん。お茶いれるね」

テーブルに置かれたままの箱を見て、里奈がキッチンへ行く。いくら何でも手ぶらでは、とシュークリームを手みやげにしたのだった。

「いまの仕事に就かれる前は、どんな仕事を？」

裕也はまだ典生の仕事に興味を持っているらしく、さらに追及してくる。

「飲食店関係で」

典生も梓にならって、あいまいな答え方をした。

梓は、彼が長らくバイトをしていた大手居酒屋チェーンの名前を言った。

「ああ、あそこ。あそこは……」

「彼は営業だったの。時間が不規則で大変で」

今度も追及される前に、梓が答えてしまった。さすがに、バイト店員だったと本当のことは言えない。

「ええ、まあ、そう聞きますね。飲食業の営業マンは大変だって。とはいえ、まあ、どの企業もそうですけどね。うちも例外ではなくて」

「IT企業も大変そうですね」

矛先が裕也に向いてくれたのを幸いに、梓は共感を示した。「休日まで持ち帰りの仕事をしなくちゃいけないなんて」

「このあいだも会社に泊まったのよ」

と、キッチンで紅茶を用意していた里奈が言った。「一度システムにトラブルが起きると、帰れなくなる業界でね。ほら、コンピューターは二十四時間稼働しているから」

「身体を壊さないように気をつけてくださいね」

話の流れで気遣わざるをえなくなったが、もう少し裕也を話題の中心に置いておきたい。話題を探していると、ドアを隔てた隣の部屋で赤ちゃんの泣き声が上がった。

「ああ、いい。ぼくが行く」

里奈が行こうとしたのを手で制して、裕也がベビールームへ行った。

「やさしいのね」

と、紅茶を運んで来た里奈に言うと、「たぶん、もうじきもう一人も泣くから」と、里奈は肩をすくめた。その瞬間、里奈の黄色いセーターの胸元から星の形のペンダントトップがのぞいた。ちりばめられたメレダイヤが光り輝いている。

「それ、素敵ね」

思わず褒めると、

「裕也が買ってくれたの。いつも育児を一手にやってくれているお礼だよ、って」

里奈は、十八金らしい鎖をいじりながら嬉しそうに言う。

「ダイヤモンドでしょう？　高かったんじゃない？」

「無理はしてないと思うよ」

首を横に振ってから、「あっ、お姉ちゃんもほしいんだ」と、里奈はいたずらっぽく言い、「お姉ちゃんも山崎さんに買ってもらえば？」と続けながら、上目遣いに典生を見た。「ねえ、山崎さん。お姉ちゃんもほしいって」

「ああ、いや、うん、はい」

典生は、動揺を丸出しにした返事をした。

「結婚を考えているくらいだから、そのくらいの貯金はあるんでしょう？」

里奈は、不躾に聞いてくる。

そのとき、さっき里奈が言ったとおり、もう一人の赤ちゃんの泣き声が上がった。双子の赤ちゃんが返答に詰まった典生を救う形になった。

二人が連れて来た双子の赤ん坊を形だけあやし、そそくさとシュークリームを食べ終えると、「育児で大変そうだから、わたしたち、失礼するね」と、梓は典生を促して退室した。

5

「実はね」と、典生が裕也との関係を告白したのは、二人が里奈の家を訪ねた一週間後だった。あの日から少し元気がないな、と梓は彼の様子を不審に思ってはいた。

「あいつとは、中学で二年間同級だった。小学校時代の俺の親友がいじめられていた話はしただろう？　その中心にいたやつだよ」

「裕也さんが？　だけど、裕也さんはまったく普通に話していたじゃない」

「俺のことなんか憶（おぼ）えてないんだろう。小さくて目立たなかったしね。それに、高校に行ってから名字が変わったし。あのころは山崎じゃなかった。転校したから、卒業名簿にも載（の）ってない」

典生は、両親が離婚して、母親の旧姓に変わったのだった。

「あの裕也さんが？　明るい性格で、話し好きで、家族思いで、いい人だとばかり思っていたのに」

信じられずに大きく首を振ると、

「あいつは、口だけはうまかったんだ。教師受けもよかったし。親が教育熱心で、いくつも塾通いをさせられてストレスがたまっていたんだろう。家が近かった俺の親友がターゲットに選ばれて、ストレスのはけ口にされたんだ。ものを隠されたり、壊されたり、からかわれたり、小突かれたり……。あいつは遊びのつもりだったのかもしれないけど、やられるほうはたまったもんじゃない」

当時を思い出したのか、典生は悔しそうに唇をかんだ。

「そうだったの」

しかし、そうだとしても、里奈には言えない。少なくとも、いまの里奈は幸せそうだからだ。それに、「山崎さんのことは、お母さんには黙っていてあげる。何か聞かれても、『話すときがきたら、自分の口から話す、とお姉ちゃんが言ってる』と伝えておくからね」という配慮もしてくれたのである。

「でも、大丈夫よ。妹の家とは距離を置いてつき合っていけばいいんだし。昔話をしなければ、相手に気づかれるおそれもないと思うよ」

梓は、そんな慰め方しか思いつかなかった。

ところが、典生は、裕也と再会してから、明らかに態度がおかしくなっていった。

掛け持ちの仕事を終えて、大宮駅近くのいつもの店で短いデートをするときも、会話がとぎれると、ふと考え込んだり、急に席を立ったりするなど、落ち着かない様子を見せるようになったのだ。

「何かあったの?」

見かねてそう問うと、

「もうじきクリスマスだね」

と、傍らに置いたダウンジャケットに目をやりながら、典生が言った。

「ああ、うん、そうだね」

「梓は何がほしい?」

「何って……」

クリスマスプレゼントのことだろうか。だが、いまはそんな金銭的余裕はないはずだ。

「知り合ってから、何も梓にあげてないよね」

「気にしなくていいのよ、そんなこと」

「だけど、何も形に残るものがない」

「このあいだ里奈がしていたネックレスを見て、わたしが羨ましがっていると思ってるの？」

「気に入っただろう？」

「可愛いとは思ったけど、別にほしくはないよ」

「ああいうの、さっと買ってあげられたらいいのにね」

「だから、気にしないでいいって。楽しみは将来にとっておきたいから」

しかし、その将来が約束されているわけではないのだ。不安な影が心に落ちてきてはいる。

「とにかく、無理しないで」

典生の表情が思い詰めたもののように見えたので、梓は軽い口調で言った。

「わかった」

と、典生はうなずいたのだったが……。

6

年末が近づいて、忘年会の予約がたくさん入ったのだろう。典生は居酒屋のバイトが忙しいらしく、次の週のデートは直前に取りやめになり、梓は大宮からいつもより早い時間の電車に乗った。

そして、三日後。キャンセルしたデートの埋め合わせだといつもの店に呼び出された梓は、憔悴(しょうすい)した典生の表情にびっくりした。顔色が青ざめて、頬(ほお)がこけている。

「仕事を掛け持ちするのは限界じゃないの？」

心配してそう言うと、

「違うんだ。ごめん」

と、いきなり典生は頭(こうべ)を垂れた。

「どうしたの？」

「ごめん。隠しきれない」

隠しごと？　まさか、浮気か……と身構えた瞬間、典生はテーブルに一万円札を三枚並べ置いた。

「そのお金、どうしたの？」

典生の財布に一万円札が三枚も入っていたことはない。嫌な予感が梓の胸を高鳴らせる。

「抜き取ってしまったんだよ」

「抜き取った？　どこから」

誰から、と聞くべきだったかもしれない。すでに梓は、事の重大さを直感していた。

その後、ひとことひとこと絞り出すようにして語った典生の話を総合すると、次のようになる。一昨日の深夜、もう終電も出てしまった時間帯に中年男性の酔客が千鳥足で店を出て行った。その夜は店長が弔事のために不在で、バイトの典生がかわりに朝まで店にいなければならなかった。中年男性が出て行った直後、眼鏡の忘れものに気づき、典生はもう一人のバイトにあとを託して追いかけた。中年男性は、駅の近くのベンチに座っていた。「お忘れものですよ」と典生は声をかけたが、男性は寝込んでいて反応がない。持っていた鞄のファスナーが少し開いていたので、それをさらに滑らせて隙間に眼鏡を押し込んだ。このままにはしておけないと思ったが、交番までは距離がある。人通りも少なくなっている。放っておこうか。迷ったときに、男性のズボンのポケットに膨らんだ財布が入っているのが見えた。

「出来心……だったんだよ」

と、典生は声を詰まらせながら言った。「財布が小さくて、そこから札の端っこがのぞいていて。単純にいくら入っているのか知りたかったのかもしれない。ああいうところで、時間を気にせずに飲めるサラリーマンは、一体いくらくらい持っているんだろう、ってね。そしたら、驚くほど入っていた。十五万くらい……あったかもしれない。だから、三万円くらい抜いてもわかりはしないだろうと……」

「泥棒……じゃないの」

自ら口にした「泥棒」という言葉が、恐ろしげな響きを伴って自分の耳に返ってきた。

「何か形に、と思って」

弱々しい声で典生は言う。

「そんなお金でプレゼントされたって、わたしが喜ぶはずないじゃない」

そのとおりだよ、というふうにうなずいて、典生は両手で頭を抱え込む。

「警察に行かないと」

　自首しないと、という言葉を避けて、梓は勧めた。自首という言葉を使ってしまったら、彼は正真正銘の犯罪者になってしまいそうで怖かった。いや、お札を抜き取った時点で、とっくに犯罪者なのだ。

「そんなことしたら、どっちも辞めさせられる」

　典生は、仕事を失うことを心配しているようだった。

「ばれないと思うの？」

「…………」

「黙っていれば、わからないと思ってるの？」

「いまのところ、あの男性も警察もうちの店には来ていない」

「だから大丈夫だと？　警察はそんなに甘くはないはずよ。ねえ、一緒に警察に行きましょう。全部、正直に話しましょう」

　典生はしばらく考えていたが、「わかった。明日まで待ってほしい。明日、仕事帰りに必ず警察に行くから」と言って、懇願（こんがん）するように梓の手を握った。

しかし、明日まで待つという判断が、結果的に典生の罪をより重いものにさせたのだった。

7

翌日、典生のバイト先の居酒屋に警察官が二人来て、例の男性客が飲みに来た日を告げ、「その日に出勤していた人は誰か」を問うた。典生は手を上げたが、警察に自白する勇気は振り絞れなかったという。

「男性客は、この店で飲んだあと、駅まで行く途中で、何者かに財布から金を盗まれたと言っています。何か心あたりはありませんか?」

このとき、警察は典生に自首するチャンスを与えていたのかもしれない。

男性客は、その日、銀行のATMで十五万円をおろし、財布に入れた。十五万円が記載された明細表も財布に残っていた。店での支払いは五千円札でしたので、十五万円がそっくり入っているはずなのに、そのうちの三万円がなくなっている。酔っ払ってベンチに座っていたときに、誰かに声をかけられた気がするという。男だったと記憶している。その男が財布から三万円を抜き取ったのではないか。男性客は、警察に被害届を出した。捜査を開始してすぐに、警察は犯人を特定できた。大宮駅界隈に設置された防犯カメラの一つに、男性客のズボンのポケットをまさぐっている男の影が映っていたことと、財布から持ち主以外の指紋が検出されたことで、簡単に典生に行き着いてしまったのだった。

典生は逮捕され、二つの職場を失った。

罪状は、窃盗罪。梓は、さいたま地裁で開かれた、国選の弁護人がついた典生の裁判を傍聴した。裁判は二回で結審し、初犯の典生には懲役一年半、執行猶予三年の判決が下された。

「お姉ちゃん、どうするの？」

裁判が終わったあと、典生が一時的に茨城の母親のもとに帰ったと知って、里奈が子供たちを夫に預けて、梓のもとに駆けつけて来た。

「お母さんたちは知らないんでしょう？　山崎さんのフルネームも伝えてないんだし」

父親は出張のため不在で、清子は階下で夕食の準備をしている。二階の梓の部屋で、二人は声を潜めながら話している。

「彼が犯した罪は小さくはないと思うけど、執行猶予がついてホッとしてるわ」

そう本音を言うと、

「何言ってるの！」

と、里奈は語気を強めた。「お姉ちゃん、執行猶予の意味を知ってるの？」

「すぐに刑務所に入らなくていいんでしょう？　三年間何ごともなく過ごせれば」

「だけど、犯罪者には違いないのよ」

里奈は、吐き捨てるように言った。「お姉ちゃん、三年も待てるの？」

「待つ？」

なぜ待たなければいけないのか。予想外のことが起きて、思考能力が低下しているのを梓は感じていた。

「三年間、刑の執行を猶予してもらっているだけなの。法に触れるようなことをしたら即収監なんだから。そのあいだ、お姉ちゃんもビクビクしながらつき合わなくちゃいけないんだよ。失業した彼は、また新しい場所で新しい仕事を探さないとならない。犯罪者だってことを知られないどこかで。お姉ちゃん、精神的に耐えられる？

それまで彼を支えていく自信がある？　そこまで彼を愛していると言える？」

里奈の言葉の一つ一つが胸に突き刺さる。彼を弁護する言葉は頭の中に生まれてはいた。

——彼もいろいろ苦悩していたのよ。仕事のこと、人間関係のこと。里奈には言わなかったけど、裕也さんとの再会が彼にはショックだったの。仕事に打ち込んでいる裕也さんの姿を見て、自分がみじめになったのね。心の中で激しい葛藤があったと思う。

しかし、彼の名誉のためにも、二人の関係について里奈に話すことはできない。

「三年たって執行猶予期間が過ぎたら、罪を償ったとされ、彼は精神的にも解放されるかもしれない。だけど、ネット社会では、山崎典生容疑者って過去が一生ついて回る。結婚を決めて、お母さんが彼の身上を調べようと名前で検索をかけたら、すぐに犯罪歴がわかってしまう。いまはそういう時代なの。お姉ちゃんは、それに耐えられるだけの芯の強さを持ちあわせてる？　そんなに強靭な神経の持ち主だったかしら」

——そうよね。昔からわたしは、何のとりえもない平凡な女にすぎなかった……。

妹に諭されているうちに、梓の心は大きく揺らぎ始めていた。

8

「とりあえず、区切りがついたお祝いね。おめでとう」

綾香(あやか)は、自分のグラスを典生のグラスに当てた。今日は、スパークリングワインでなくて正真正銘のシャンパンだ。記念すべき日ゆえに奮発したのである。

「ありがとう」

と、典生は少し遠慮がちにグラスを掲げる。だが、その顔が安堵(あんど)感でほころんでいるのが綾香にはわかった。

綾香が山崎典生と知り合ったのは、二年九か月前だった。

言語聴覚士として総合病院に勤務している綾香は、仕事には生きがいを感じていたが、独身男性との出会いがないことに悩んでいた。三十歳を目前に「そうだ、婚活しよう」と思い立ち、時間を見つけては各種婚活パーティーに参加していた。ところが、なかなかいい縁には恵まれない。

――今日もいい人とは巡り合えなかったな。

あの日、新聞社主催の婚活パーティーの帰り道。落ち込んだ気分のまま乗った電車内で、彼と出会った。高齢者が乗り込んで来ても知らん顔をしてシートに座っている若者が多い中で、一人だけさっと老女に席を譲(ゆず)った三十歳くらいの男性がいた。その光景に感心していたら、綾香が降りる駅で彼も下車した。何となく彼のあとをつける形になったが、そのあとも彼の行動には感心させられた。ホームにころがっていた空き缶を拾い上げて分別のゴミ箱に捨て、駅前の駐輪場スペースではないところに倒れていた自転車を抱(かか)え起こしたのだ。

――何か慈善事業に携(たずさ)わっている人か、何らかの宗教に傾倒している人かしら。

少し不気味にも思いかけたが、彼が駅から少し歩いたところのカフェに入って行ったので、引き寄せられるように綾香もそれに続いた。

カウンターでコーヒーを飲みながら、彼は大きなため息をついていた。その横顔があまりに寂(さび)しそうに見えたので、思わず綾香は「すみません」と声をかけた。しかし、声をかけてから、何と言葉を継いだらいいか迷い、当惑したような彼の表情に直面してしまった。

「あの……さっき、倒れた自転車を起こしていましたよね」

とりあえずそう話しかけると、

「あっ、すみません。あなたの自転車でしたか」

と、勘違いした彼は、こちらが恐縮するほど頭を下げた。

それがきっかけで会話が弾(はず)み、それから二人はときどきデートをするようになった。

思ったことは即実行に移す主義の綾香は、出会ってほどなく自分が婚活中であることを告げた。そして、三か月後には、公共の場で人に親切にできるあなたのような男性を好(この)ましいと思っている、結婚を前提に交際したい、と自分から告白した。

「それは、ちょっと……」

と、典生がためらうそぶりを見せたので、

「わたしのことが嫌いなの？」

と、綾香は単刀直入に聞いた。焦(じ)らされるのも、焦らすのも苦手な性格なのだ。

「いや、好きだよ、大好きだよ」

と、典生はやけにはっきりと答える。

「じゃあ、結婚しましょう。わたしのほうは、明日にでも婚姻届を出してもいいわ」

「婚姻届を出すのは、もう少し待ってほしい」

「いつまで待てばいいの？」

「三年、いや、二年……待ってほしい」

「どうして？」

「いまの仕事に慣れて、生活の基盤を築くまでは」

個人経営の建設会社に転職したばかりだということは、彼から聞いていた。

「新しい仕事に就いたばかりで、まだ自信がないってこと？」

「それもあるけど、それに……」

「それに？」

「あ、いや、何でもない」

「わかった。あいだをとって、二年半待つわ」

「ああ、うん。二年半で……ちょうどいいかもしれない」

「ちょうどいい、って？」

「いや、とくに理由はないけど」

「本当に、二年半待ったら、はっきり答えを出してくれるのね」

「うん」

「信じてる、その言葉。わたしだって、いつまでも待ってられないから」

「うん、わかってる」

そんな会話が交わされて、一度は納得したものの、彼の様子がどうにも気になって、
それから一か月後に、綾香は彼に切り出した。

「何かわたしに隠してない？」

「ああ、うん。……実は、君に話しておかねばならないことがあるんだ」

重い口ぶりで彼が打ち明けてくれた内容は、容易には受け入れがたいものだったが、
綾香は自分の心を見つめてみて、彼への愛情が揺るがないことを確信した。人間誰しもあやまちを犯す。許すことも愛情のうちだ、と思った。

「偽善的だと言われるかもしれないけど、執行猶予期間の三年間は、できるだけよい行いをするのを義務として自分に課したんだ。電車内ではお年寄りに席を譲る。道端のゴミは拾う。困っている人がいたら手を差し伸べる。善行を実践することが罪の償いに通じる気がしてね。何もしないで三年間を過ごすのが怖かったのかもしれない」

典生は、過去を洗いざらい話してくれた。結婚を前提に交際していた女性がいたが、自分が犯罪者になってしまったことで離れていったこと、罪を犯した人を更生させて

社会復帰させる活動をしている人の紹介で、現在の職場を得たこと。奨学金という名の借金があること。結婚しても借金の返済で苦労をかけるであろうこと。

「執行猶予期間が明けるまでは、そっとしておいてほしいんだ。俺を信じて待っていてほしい」

綾香は、典生の気持ちを尊重しようと決めた。

その執行猶予期間の三年間を無事に終えて、今日は記念すべき日なのである。

「それじゃあ」

と、綾香はテーブルの上の婚姻届を取り上げた。「善は急げ、って言うじゃない。早速、これから出しに行こう」

二年半待ったのである。もう一分も待てない。

「ああ、うん」

シャンパンを飲み終えた典生も、笑顔で腰を上げた。

第三話　兄がストーカーになるまで

1

冷蔵庫からペットボトルのウーロン茶を取り出して、ひと口飲んだ直後だった。椅子に置いたバッグの中で彼女の携帯電話が鳴った。

心臓が縮み上がった。

おそるおそる携帯電話を取り出すと、メールが一通きている。

「今日は帰りが遅かったね。どこかに寄ったの？」

そんな文章が目に飛び込んできて、全身が凍りついた。

――つけられていた？

――どこかから見られている？

部屋の電気がついたから、帰宅したのがわかったのだろうか。今日は残業があったため、帰宅がいつもより遅くなったのだ。

ベランダに面した居間のカーテンの隙間から外を眺めてみたが、室内が明るいので外の様子はわからない。

電気を消してみた。思いのほか周囲の闇が濃くなる。静寂が身体に突き刺さって痛い。

「もう寝るの？」

ふたたびメールが届いた。やっぱり、そうだ、外からこの部屋を見張っている人間がいる。

——わたしは、監視されている？

一人きりの部屋で、彼女はいつまでもひたすら怯えていた。

2

最初は、ほんの軽い気持ちからでした。

兄に恋活を勧めたのは、わたしです。ええ、婚活にあらず、恋活です。

わたしが兄の恋活に着手したのは、わたしが二十三歳で、兄が三十三歳のときでした。はい、わたしと兄とは十歳も年が離れているのです。

「なあ、七海。人に恋するときって、どんな気持ちになるものなんだ？」

ある日、兄が妹のわたしに真顔で聞いてきたのです。

「何よ、お兄ちゃん、どうしたの？」

ふざけているのだと思って、笑って聞き返すと、

「いま、七海は圭吾君とつき合っているだろう？　彼のことをどう思ってるの？」

兄は、真剣な表情を崩さずに尋ねました。

「どうって、好きだよ」

「どんなふうに？」

「どんなふうって、普通に」

「普通ってどのくらい？」

質問をしつこく重ねてくるので、わたしは、もしや、と不安になりました。

「人を好きになると、肉体的にはどんな変化があるの？」

その質問をされるに至って、やっぱり、とうなずきました。兄は昔から理系人間で、高校も理数科だったし、大学も理学部で化学を専攻したし、いまは食品加工会社に勤めていて、担当している商品開発の部署には女性が少ないと聞いているし、まるで女っけがないのです。

「その……胸がきゅんとなるとか、その人のことを考えていると食べ物が喉を通らなくなるとか」

「へーえ、胸がきゅんとなって、食べ物が喉を通らなくなる、ねえ」

そういう感覚はまるでわからないというふうに、兄は首をかしげます。

そういえば、兄から初恋の話を聞かされたこともなかったな、と改めて思い起こしました。

「ねえ、お兄ちゃん、もしかして、その……」

まさか、同性愛者だとカミングアウトするつもりなのか。口にしにくくて身構えると、

「いやあ、そっち方面じゃないよ」

と、兄は笑って首を横に振ります。

「じゃあ、生まれてからいままで、一度も女性に恋したことがないって意味？」

「まあ、そうなるかな」

「だけど、何とかっていうアイドルは好きだったじゃない」

わたしが小学生で兄が高校生だったときに、確か、兄はミニスカートの似合う童顔

のアイドルのポスターを自分の部屋の壁に貼っていたのでは……。

「あれは、あくまでも芸能人としてタイプだっただけでね。コンサートに行こうとまでは思わなかったよ」

「そうか」

要するに、兄は、女性に恋焦がれるという感情を抱いたことがないのでしょう。その恋焦がれる感情がどういうものか知りたいのだろう、とわたしは解釈しました。

「じゃあ、まずは恋活から始めようか」

そう、本当に、最初は軽い気持ちから始まったのです。

――兄が恋心を抱くような相手を見つける。

それが、妹としてのわたしの使命だと思うことは、一種のゲームみたいで楽しかったのです。

わたしたちは普通の兄妹よりも深い絆で結ばれている、とわたしは自負しています。

両親はわたしが中学生のときに離婚して、兄は父のもとで、わたしは母のもとで暮らすようになりました。その後、父と母は相次いで病気で亡くなったのです。母を失って嘆き悲しんでいたわたしに向かって、兄は力強い口調で言いました。

「七海、おまえのことは、俺が一生そばにいて、守ってやるからな」

　そのとき、わたしもこう言い返しました。

「わたしも、一生お兄ちゃんのそばにいて、支えになってあげるからね」

　父と暮らしていた兄は、父の死後も都内の賃貸マンションで、母と暮らしていたわたしは、母の死後も二人で住んでいた都内のアパートで一人暮らしをしていました。別々の場所で生活していても、二人の結びつきは強いと信じていたし、わたしは兄の幸せを心の底から願っていたのです。

　客観的に見て、兄はイケメンの部類に入ると思っていました。某イケメン俳優二人を足して二で割って、八掛けしたような容姿……と言っても、うまくイメージできないでしょうけど、とにかく、背も高いし、整った顔立ちだし、おまけに国立大の理学部を出ていて、いちおう名の通った会社に勤めているから、モテる要素は兼ね備えた男性に違いありません。

「好みのタイプ、ここに書き出してよ」

　そこで、兄の好きな女性のタイプを箇条（かじょう）書きにしてみることにしました。

「そうだな。小柄なほうがいいかな。ふっくらして色白で、食べ物の好き嫌いがなくて、料理が得意で、趣味が読書や映画鑑賞かな」

「それって……まるで、わたしみたい」

と、わたしが自分の顔を人差し指で示すと、兄は一瞬ハッとした表情になったあと、破顔しました。わたしは小柄だし、しもぶくれの顔で色白だし、何でもよく食べて料理好き、バッグには必ず文庫本を一冊入れています。映画を観るのも好きです。

「冗談でしょう?」

「冗談だよ」

ほぼ同時に言い合って、笑い合いました。

「つまり、何でもいいってことだよ。おまえみたいに、どこにでもいそうな女で」

「どこにでもいそうで悪かったわね」

わたしは頰(ほお)を膨(ふく)らませながらも、この楽しいゲームに心を弾(はず)ませていました。

そのときは、兄のためにやさしくてきれいで、すてきな女性を必ず探してみせる、と意気込んでいたのです。兄の恋愛相手が将来的には兄の結婚相手になれば、それはわたしの義理の姉にもなるわけです。

——お義姉(ねえ)さん。

そう呼べる存在がわたしにもできるのだと思うと、晴れやかな気分になりました。

それなのに、まさか、あんなふうに暴走するとは……。

こんなことになるとは、夢にも思っていませんでした。

3

兄の恋活相手としてわたしが白羽の矢を立てたのは、柴田ゆり子さんでした。

わたしが勤める会計事務所が入ったビルの別のフロアに眼科クリニックが入っていて、そこの受付をしている女性です。「あそこの受付嬢が婚活をしている」といううわさを耳にしていたこともあり、結婚の準備をしている女性のほうが手っ取り早いと考えたのです。

以前、そこの眼科クリニックにかかったことがあったので、わたしとゆり子さんとは面識がありました。同じビル内の仕事仲間のよしみで開かれた、女性だけの合同忘年会に参加したこともあります。携帯電話のメールアドレスも交換していました。

婚活であればすぐにお見合いとなるかもしれませんが、恋活ですから、すぐに顔合わせするわけにはいきません。兄が彼女に恋心を抱くようなシチュエーションを作らないことには……。

「こういう女性がいるんだけど」

兄の家に行き、忘年会のときに彼女と一緒に撮った携帯電話の画像を見せると、

「ふーん」

最初、兄は関心がなさそうな態度に見えました。

ゆり子さんは小柄とは言えない体型だし、顔も卵型で、大人っぽい雰囲気の女性です。外見が好みでないのかな、と思っていると、

「相手を知らないことにはな」

そんな言葉で兄は興味を示してきました。そして、「できるだけたくさん、彼女のデータを集めてくれ」と、言葉を継ぎます。

そうか、理系人間だから、まずはデータ収集から始めるのか。わたしは納得して、それとなく彼女に聞くなり、周囲の人に聞くなりして、彼女に関する情報収集に努めました。

年齢は二十八歳。身長は百六十三センチ、体重は目算で五十キロ、服のサイズはM

サイズ、靴のサイズは二十四センチ。視力は両眼ともに裸眼で一・〇。好きな映画は、アニメや恋愛もので、好きな本はやはり恋愛ものやミステリー小説。名古屋出身で、現在は都内で一人暮らしをしています。最寄り駅やアパートの場所は女子会で聞いたので、あのあたりだろうと察しはつきました。

けれども、彼女にもプライバシーはあります。住んでいる場所の情報は除外して教えると、次に会ったとき、兄は「勤務先に行って、受付をのぞいて来たよ」と言うではありませんか。

「えっ、下見したの？」

「まあね」

ずいぶん大胆な行動をとるのだな、とわたしは感心する一方で、ちょっと不安にも駆られました。恋愛慣れしていない兄です。暴走してしまわないか、というおそれがちらりと胸の中に生じたのは事実でした。

「彼女に気づかれたの？」

「いや、気づかれなかったと思う」

「実際に見てどうだった？」

「ああ、写真より実物のほうがよかったね。ちょうど患者さんが来たけど、応対もハキハキしてたよ」

どうやら、兄はひと目でゆり子さんを気に入ったようです。

だったら、ゆり子さんにも兄のことを伝えて、お見合いの席を設けてもいいのではないか、とも考えましたが、いや、慎重に事を進めよう、とわたしは思い直しました。

「まだ俺のことは彼女に話さないでほしい」

と、兄も言います。

兄にとってのはじめての恋だとすると、失敗したくない気持ちが強いのだろう、とわたしは推測しました。失敗しないためには、段階を踏んで二人を接近させなければいけません。

——二人の最初のデートは、やっぱり、映画館がいいよね。

友達から始めるには共通の趣味の映画鑑賞が一番いいのでは、と思いました。どんな映画がいいか、わたしが選択に迷っていたときに、

「彼女の生活パターンを知っておきたいな」

と、兄は言い出しました。

「そんなの知ってどうするの？」

そういうのは、交際を始めてからお互いに徐々に語り合っていけばいい、とわたしは考えていたので、兄の思考回路が理解できませんでした。

「いやあ、何でも先にデータとして入手しておきたいんだ。下調べのうちだよ」

兄は、あくまでもデータとか下調べという言葉に執着していました。

ちょうど同じビル内の女子会がまた開かれたので、わたしはゆり子さんの隣に陣取って、彼女の私生活について怪訝に思われない範囲で質問しました。クリニックの診療時間は午前十時から午後七時までで、土曜日は午後四時まで。休診日は水曜日と日曜日で、それが彼女の休日です。基本的に休日は家でのんびり過ごすのが好きだけれど、月に二度は料理教室に通っていることも彼女から聞き出しました。

「ふーん、そうなのか」

兄は、わたしが報告した内容をいちいちスケジュール帳にメモしています。

そのスケジュール帳が気になったので、兄が席をはずしたときにちらっと見たら、ゆり子さんの休日が几帳面に赤字で書き込まれたカレンダーは、来年の分まで延々と記入されています。何だか背筋がゾクッとしました。そのときに抱いた直感をもっと深刻にとらえていればよかったのですが……。

けれども、兄は、「早く彼女に引き合わせてよ」と、わたしを急かしたりしません。兄の行動が気になったわたしは、ゆり子さんのクリニックに顔を出すと、定期健診に来たふりをして、兄のことには触れずに「最近、何か変わったことはないですか？」と、様子をうかがいました。

「そうねえ、別にないけど」

ゆり子さんはかぶりを振りましたが、「あっ、でもね、近所で物騒なことがあったの」と眉をひそめたのです。

「物騒なことって？」

まさか、誰か男につきまとわれているのではないか。それは兄だったりして……と、想像がエスカレートしました。

「この周辺で、ひったくりが起きたの。隣町では、明け方のコンビニに強盗が入ったみたいだし」

「それは怖いですね。夜遅く帰るときは気をつけないと」

誰かにつけられているのではないと知ってホッとしたけれど、一人暮らしの女性がひったくり事件やコンビニ強盗に怯えないはずがありません。わたしは、充分注意するようにゆり子さんに念を押しました。

　それから二週間後、兄のところへ行くと、兄はそわそわして落ち着きがありません。

「どうしたの？」

「いや、何でもない」

「何でもないことないでしょう？　おかしいわよ。ゆり子さんのこと？」

　女性に免疫(めんえき)のない兄です。いつもと違う様子が表情に如実(にょじつ)に出ています。

「何度か、仕事の帰りに彼女のアパートまで行ってみたんだ」

「どうして、そんなことをするの？」

　わたしは、驚いて問い詰めました。

「どんなところに住んでいるか、気になってね」

「住所は教えてないはずだけど」

「ああ、うん。でも、まあ、おまえがいろいろヒントをくれたからね」

「まさか、仕事帰りの彼女のあとをつけたとか？」

「さあ、どうかな」

兄は、そのあたりはあいまいにして言葉を濁します。

「ゆり子さんがそのことを知ったらどう思うかしら。そういう行動をとる男性のことは、不気味に感じるわよ」

「そうかな」

「そうよ。自分のあとをつけられたと知ったら。そういうの、何て言うか知ってる？」

「何？」

「ストーカーよ」

「いや、俺は違うよ」

兄は、悠長に笑って否定します。

「違わないわよ。女性が夜道で何者かにあとをつけられたら、警戒するに決まってるでしょう？」

わたしは、兄の鈍感さに腹が立つと同時に、危機感を覚えました。

ゆり子さんが自分を尾行する男――兄の存在に気がついているかどうか、気になったけれども、本人にそう聞く勇気は出せませんでした。しかし、何だかゆり子さんの表情が曇っているようにも思えたのです。

わたしが兄の家を訪ねたときに、兄がそうしたように、わたしが中座するときもありました。そういうときに、兄がわたしの携帯電話を見て、ゆり子さんのメールアドレスをスケジュール帳に書きとめた可能性はあります。

——まさか、彼女にメールを送ったりしているのでは？

兄がゆり子さんに対してストーカー行為を働いているのではないか、と恐ろしい想像も巡らしましたが、兄を信じたい気持ちのほうが強かったのです。

4

兄の恋活作戦の開始後、わたしの身にも変化がありました。

「人に恋するときって、どんな気持ちになるものなんだ？」と問われて、「胸がきゅんとなるとか、その人のことを考えていると食べ物が喉を通らなくなるとか」と答えたわたしでしたが、交際していた圭吾に対する思いは、そういう時期をとうに過ぎていて、冷えかかっていたのでした。

原因は圭吾にありました。彼は嫉妬深くて怒りっぽくて、たとえば、一緒にいるときにわたしの視線が少しでも彼からはずれてほかの男へ向かうと、途端に不機嫌になるのです。

「さっき、あいつを見ただろう」

「見てないよ」

「いや、見た。イケメンだと思ったんだろ？」

「そんなふうに思わないよ」

「いや、思った」

まるで、子供同士の稚拙な会話です。最初は、小さなことでやきもちを焼く一つ年下の彼を可愛いと思っていたけれど、それも続くとうんざりします。初回のデートは映画館で、恋愛映画を選んだので、気が合うわ、と喜んだのもつかのま、戦争が時代背景の恋愛映画だったから観たのであり、彼が真に好きなのは戦闘シーンだとわかると、その後の激しい戦闘シーンが中心の映画選びはわたしにはつらいものとなったのでした。

――そろそろ別れたいな。

でも、別れ話を切り出しても、駄々っ子のような圭吾は簡単には応じてくれないかもしれない。

憂鬱な気分でその後も何度かデートを重ねていましたが、何とある日、向こうのほうから「別れてほしい」と言ってくれたのです。理由は単純明快、わたしよりもっと好きな、私よりもっと若い子が現れたということでした。

圭吾との別れを経験したことが、自分の心を見つめるきっかけとなったのかもしれません。

——わたしは、本当は、どういう男性を求めているんだろう。

この世のどこかに、わたしの指と赤い糸で結ばれている男性が存在しているはずなのです。でも、その男性とはまだ出会えていない。どうやって探せばいいのか。わたしにも恋活が必要なのか……。

兄に相談したくとも、その兄は心ここにあらずの状態です。兄のことも気がかりでした。

——とにかく、圭吾と別れたことをお兄ちゃんに報告しよう。

そう決めていた日の仕事終わりに、職場を出たゆり子さんと一緒になりました。駅まで一緒に行き、同じ電車に乗り込みました。路線は同じですが、降りる駅はわたしのほうが二つ先です。

「まだ婚活しているんですか？」

世間話のように持ちかけると、

「うまくいかないわね」

と、ゆり子さんは首をすくめます。

「どうして、そんなに結婚したいんですか？」

「年齢的なこともあるわね。子供がほしいし。でも、いまは、それにもう一つ理由が加わったかな」

「もう一つ？」

「何だか一人暮らしが怖くなっちゃって。ほら、男の人と一緒に住んだほうが安心でしょう？　守ってもらえるし」

「ああ、そうですね」

体格のいい兄ならボディガードとしても最適です。本来ならここで兄のことを切り出すべきだったかもしれませんが、ストーカーまがいの行動をとっている兄です。警戒されては困ります。

「あれから、変わったことはないですか？」

そのかわり、ゆり子さんの身辺の変化を探りました。

「別にないけど」

と答えましたが、心配ごとでもあるのか、やはり、彼女の表情は曇っているように見えました。

「じゃあね」

と、降りる駅に着いて、ゆり子さんはホームに降り立ちました。

彼女が人ごみに紛れた瞬間、わたしの足がひとりでに動いたのです。何らかの直感に突き動かされたのかもしれません。扉が閉まる直前に電車から降りて、ゆり子さんの姿を探しました。駅構内を出たところで彼女の姿を認め、距離を置いてあとをつけました。

すると、途中の路地からひょいと兄が現れて、ゆり子さんのあとをつけ始めたではありませんか。

わたしは、息を呑みました。兄はゆり子さんの背中を見つめるのに夢中で、後ろを振り返ろうともせず、当然、わたしには気づきません。ゆり子さんを尾行する兄、その兄を尾行するわたし。奇妙な追跡劇が始まりました。

七、八分歩いて、通行人の姿が少なくなり、あたりが薄暗くなったころ、ゆり子さんと兄のあいだの路地から自転車が飛び出してきました。自転車はゆり子さんの進行方向へとスピードを上げていきます。それに気がついた兄が全速力で走り出しました。自転車に気づいたゆり子さんが振り返り、ゆり子さんの目に自転車と兄の姿が入って……。

わたしは、大きな悲鳴を上げました。

・5

暴走したのは、七海さんのほうです。仁さんではありません。

確かに、仁さんのしたことは、ストーカーのそれと同じだったかもしれません。

でも、彼はわたしを助けてくれたのです。命の恩人と言っても大げさではないでしょう。ひったくりに遭って、抵抗して転倒し、頭を打って死んだ人もいるのですから。

ショルダーバッグの紐は歩道側の肩にかけるようにしたり、防犯ブザーを携帯したり、わたしも用心してはいました。でも、まさか、後ろからいきなり突き飛ばされるとは思っていなかったのです。あの男は、突き飛ばして、転んだところを、バッグを奪おうとしたのでしょう。

でも、あとをつけていた仁さんがいち早く気づいて、駆けつけて、男を取り押さえてくれたのでした。おかげで、わたしは膝や肘をすりむいた程度ですみました。余罪を追及されて、男は前のひったくりも認めたのですよね。

始まりはストーカーまがいの行動だったにせよ、それから恋愛関係に発展して、いまはもう夫婦なのです。仁さんは、誠実でやさしくて、頼りがいのある夫です。

七海さんだって、あんなに祝福してくれていたではないですか。「『お義姉さん』と呼べる人ができて、嬉しい」って。

それなのに……残念です。

わたしも、少々七海さんをもてあましていたところはありました。新婚ですから、二人だけの生活を楽しみたい気持ちもありましたが、七海さんは週末になると必ずわたしたちの家に顔を出して、一緒にご飯を食べていきます。正直、うっとうしいな、と感じたことはあります。だけど、仁さんが七海さんを可愛がっていることはわかっていたし、七海さんも仁さんを慕っていたから、二人の関係に理解を示していたつもりです。

七海さんがおかしくなったのは、結婚後半年で、仁さんが海外に長期出張になったころからです。

「お兄ちゃんがいないあいだは、わたしがゆり子さんを守ってあげるからね」

七海さんは、旅立つ仁さんにそう言いましたが、仁さんがいなくなって一人になったわたしは、正直な気持ちを彼女に伝えました。「しばらく一人にしておいてくれない？」と。

その言い方が彼女の気に障ったのでしょうか。

「わかりました」

そう答えて唇を引き結んだ彼女は、そのあと驚くべき行動に出ました。わたしの生活を監視し始めたのです。帰りが遅かった日に、「今日は帰りが遅かったね。どこかに寄ったの？」というメールをよこし、怖くなって部屋の電気を消したら、「もう寝るの？」と即座にメールを打ってきました。

まるで、ストーカーです。

毎日そんなことが繰り返されて、わたしの神経はまいってしまいました。

だから、出張から帰った仁さんにわたしからお願いしたのです。

「七海さんと縁を切ってください」と。

6

ええ、ぼくが帰国したとき、妻の精神状態は不安定になっていました。

彼女の携帯電話に送られてきた七海からの膨大なメールを見せられて、事の重大さに気がつきました。

親子の縁が切れないように、兄妹の縁も切れないのではないか、って?

いや、切れます。法律上の兄妹ならば切れませんが、ぼくたちはそうではなかったので、切ろうと思えば切れるのです。

ぼくの父と七海の母とは、連れ子同士の再婚でした。ぼくが十二歳、七海が二歳のときです。出会ったとき、七海は人形のように小さくて、あやしたときの笑顔が何とも言えず可愛くて、すぐにぼくになついてくれました。もちろん、ぼくは、七海を本当の妹のように慈しみました。

十三年間は、ぼくたちは仲のよい家族だったと思います。

ですが、ぼくが二十五歳、七海が十五歳のときに、両親は離婚しました。最初からある種の契約再婚だったのかどうか、いまとなっては憶測の域を出ませんが、両親は入籍はしたものの、双方の連れ子との養子縁組まではしなかったのです。

ぼくと七海とはもともと他人同士ですし、双方の親が亡くなったいまは、一時期同居していただけの他人、という関係でしかないのです。

けれども、ぼくは七海が二歳のときからずっとその成長を見守ってきたから、心の中ではやっぱり、七海はぼくの妹だったのです。それは、七海にしたって同じだと思います。ぼくは七海にとっては兄なのです。

しかし、妻は「違う」と言います。「あなたは、七海さんに対してずっと兄としての感情を抱いてきたけど、七海さんは違う。あなたを男として見ている。男として愛しているのよ」と言うのです。「だから、愛するあなたの妻であるわたしに対する行動も、すべて嫉妬から生じているのよ」と続けるのです。妻の分析によれば、七海も自分の気持ちに気づいていて、気づかないふりをしているのだとか。「もしかしたら、七海さんは、大人になって、あなたからのプロポーズをひそかに待っていたのかもしれない」とまで言います。

ぼくは、二歳のときから知っている七海を女として見ることなどできません。しかし、七海はぼくのことを男として見て、男として愛しているのだと妻は言います。それが本当ならば、ぼくはもうこれ以上、七海を受け入れることはできません。

七海がぼくに抱く感情が恋心だとわかってしまった以上、七海と縁を切るしかありません。

つらいことですが、愛する妻のためです。妻がお腹に宿しているぼくたちの子供のためにも。

7

刑事さん、なぜ、わたしがストーカー呼ばわりされなければいけないのでしょう。

なぜ、わたしに兄たちへの接近禁止命令が出されたのでしょう。

兄は誓ってくれたのです。「おまえのことは、俺が一生そばにいて、守ってやるからな」と。だから、わたしも誓ったのです。「わたしも、一生お兄ちゃんのそばにいて、支えになってあげるからね」と。

わたしたちは兄妹です。ものごころついたときから、兄はわたしの兄だったのです。わたしの兄でしかなかったのです。いまさら、他人だと言われても、納得がいきません。

妹が兄に、いえ、兄の家庭に接近してはいけないなんて。ストーカー規制法の接近禁止命令を無視したからって、なぜ、わたしが逮捕されないといけないのでしょう。

ねえ、刑事さん、教えてください。

こんなことになるとは、夢にも思っていませんでした。

暴走したのは、本当にわたしなのでしょうか。

第四話　遠い心音

1

――結婚したら子供は二人ほしい。

結婚するずっと前からそう考えていました。できれば男の子と女の子。順番はどっちでもいい。

とにかく二人はほしい。なぜなら、わたしが一人っ子で寂しかったから。子供にはきょうだいを与えてあげたかったのです。

名前も漠然（ばくぜん）と考えていました。いまで言うキラキラネームはやめて、誰でも読める漢字にしよう、学校に上がっても先生が読み間違いをしないような名前にしよう、そう決めていました。

男の子なら大きく羽ばたきそうな名前。

女の子ならやさしい響きの名前。

恋愛をする前からそんなふうに決めていました。

夫となる人もたぶん、いいえ、絶対に反対はしないだろうという自信があったのです。

——結婚したら子供は自然にできるもの。

——ほしい子供の数も自分で決められるもの。

結婚するずっと前からそんなふうに思っていました。

2

息子の雄大から「話がある」と連絡があったのは、かかりつけのクリニックから帰った直後だった。この数日間微熱が続き、身体が重い感じもしたので、〈早めの更年期かしら〉と訝って受診したのだ。

先日読んだ婦人雑誌に、三十代後半で早くも更年期の症状が現れることがある、という記事が載っていて、四十三歳の幸恵は心配になった。そこに書かれていた不定愁訴がすべて自分にあてはまる気がしたからである。

そんな精神状態だったから、雄大の「話」というのがよいものでないと直感したのかもしれない。

次の日曜日に、雄大は一人の女性を伴って幸恵のもとを訪れた。雄大は、大学時代から千葉県内で一人暮らしをしていて、国立大四年生のいまはすでに大学院への進学が決まっている。

「こちら、玉置香菜(たまきかな)さん」

と、玄関先で息子が隣に立つ女性を紹介した瞬間、〈ああ、彼女は息子にとって特別な人なんだ〉と幸恵は察した。そして、ひと目で二人にかなりの年齢差があるのも察せられた。

「はじめまして、玉置香菜です」

頭を下げた女性は、頭を上げたときには口の中で「すみません」という謝罪の言葉を小さく発しかけていた。

二十二歳の雄大に対して、連れの女性はおそらく三十歳くらいだろうか。年上である後ろめたさに駆られて、彼女は小さく謝罪したらしい。

どういう話に発展するか、予想はついていたが、幸恵は、深呼吸をしてから二人を居間に招じ入れた。

二人が手みやげに持参したバウムクーヘンを台所で皿に盛りつけているあいだも、

雄大と香菜はソファに隣同士に座って微動だにしないでいた。唇が乾くのか、香菜の口元が小刻みに動いていて緊張のほどがうかがえる。

バウムクーヘンとコーヒーを用意して、居間に持って行くと、待ちきれなかったかのように、「お母さん、実は彼女との結婚を考えているんだけど」と、雄大が切り出した。

「まあ、まあ」

覚悟はしていたけれども、そう声が重なって漏れた。が、のんびりした口調のため、その場の緊張感が和らいだ。

「いきなり、何なの。まあ、ちょっとお茶でも飲んでからにして」

と、幸恵がコーヒーカップの載ったソーサーを香菜のほうへ押し出すと、

「すみません。いただきます」

香菜の口元に弱い笑みが生じた。

「ぼくは、これから大学院に入るところだし、反対されるのはわかっているんだけど」

と、雄大は予防線を張るかのように言う。

「わかっていても、結婚したいんでしょう?」

そう言いながら、幸恵は視線を息子から息子が愛した女性へと移した。

「わたしが雄大さんを経済的に支えます。わたし、看護師なんです」

と、香菜はきっぱりと言った。

どう言葉を返していいかわからず、幸恵は二人に聞こえないようにため息をついた。強く言い返せない自分がいる。そして、目の前の息子は、母親が強く出られないことをおそらく心得ている。

幸恵は、二人の姿に二十三年前の自分と夫を重ね合わせて、複雑な思いでいた。

「もしかして、あなたたち……」

二十三年前の自分の心情を思い起こして問いかけると、

「そうなんだ。彼女、妊娠しているんだよ」

と、前のめりの姿勢で雄大が言い、告白し終えて気が楽になった、というふうに大きく息を吐いた。

やっぱり、そうね、と幸恵は心の中でうなずきながら、脳裏に「因果応報」という四文字が浮かび上がるのを感じていた。

「すみません」と、香菜がふたたび小声であやまる。

するると、君があやまる必要はないよ、というふうに雄大が香菜へと向き、小さくかぶりを振った。

――あのときと同じだわ。

若き日の苦い記憶がよみがえる。

幸恵がお腹の中に雄大を宿したのは、まだ二十歳になったばかりのころだった。いまの雄大と二つしか違わない。幸恵は、大学一年生のときに、雄大の父親である健一郎と出会った。健一郎は大学の先輩でもあり、テニスサークルのＯＢでもあった。大手の建設会社に勤めていた健一郎は、当時三十歳で、幸恵の目には「おじさん」にしか映っていなかったが、彼は最初からまじめな交際を求めてきた。

二十歳で妊娠がわかり、両親に告げると、「まだ学生なのに」と最初は立腹していた両親も、挨拶に訪れた健一郎の人となりを知るなり、「こういう誠実でしっかりした人なら」と結婚を許してくれた。一流企業に勤務する男性であったことも影響したのだろう。

幸恵は、大学を中退して健一郎と結婚し、彼が住宅ローンを組んで買った都内のマンションで一緒に暮らし始めた。出産直後に健一郎がシンガポールに転勤になってしまったので、子供が一歳になるまでは夫に単身で赴任してもらい、幸恵は雄大を連れて実家で暮らしていた。一歳になった雄大を連れてシンガポールに行き、それから三年間を異国で過ごした。その後は、雄大が大学生になるまでのあいだ二年間だけ福岡に単身赴任を命ぜられた健一郎だったが、大学四年になったときにふたたび海外転勤の辞令が出た。

――子供ももう手がかからないし、わたしも一緒について行くべきかしら。

躊躇していた幸恵に、健一郎はこう言った。

「俺ももう五十半ばで、最後の海外赴任だろう。一人でのんびりやるよ。おまえもこっちで好きに過ごせばいい」

幸恵は、週に四日友人が開いている学習塾の手伝いをしているが、健一郎は妻の仕事も考慮したのだろう。家を空けておくのもためらわれたので、結局、夫をふたたび単身で上海に送り出したのだった。幸恵の両親は、「田舎暮らしをしたい」と、十年前に父方の実家に移住してしまっている。息子が家を離れていることもあり、幸恵は、自由気ままな一人暮らしを謳歌している気分でいた。

「できちゃった結婚なんて、お恥ずかしいんですが」

　言葉を継がずにいる幸恵が気になったのか、香菜が遠慮がちに言った。

　当時はそんな言葉はなかったものの、自身もできちゃった結婚だったのだから、幸恵は言い返せない。

「お父さん、今度いつ帰って来る？」

　雄大は、父親への報告が気になるようだ。

　壁のカレンダーを見ながら、幸恵は答えた。前回帰国したのは、ひと月半前だった。ちょうど帰国する直前に、ヨーロッパで航空機が墜落する事故が起きたので、無事な姿を見るまで気が気でなかったのを思い出した。

「さあ、いつかしら。メールしてみるわね」

　メールで聞くまでもなく、夫が二人の結婚に反対しないであろうとわかっていた。夫もまた若いころ、順序を無視して女性を妊娠させたのである。十歳ばかり年下の女性を妊娠させたか、十歳ばかり年上の女性を妊娠させたか、の違いがあるだけだ。

「あの、お母さん、実は……」

　早速、幸恵を「お母さん」と呼んで、香菜が言いにくそうに切り出した。「わたし、バツイチなんです。前に一度結婚していて……。でも、子供はいません。ほしかったんですけど、できなかったんです。だから、今度は絶対に産みたいんです」

3

先日の不躾（ぶしつけ）な訪問をどうかお許しください。

直接お会いして、お母さんと二人だけでお話しする機会を持とうかとも考えましたが、こうして手紙を書くのが一番いい方法だという考えに至りました。手紙を書くことで気持ちの整理がつきますし、お腹に宿っている子供のために気持ちを奮（ふる）い立たせることにもつながります。

わたしに離婚経験があると知っても、あのときお母さんは何も尋（たず）ねようとはなさいませんでした。ご配慮に心から感謝します。わたしの気持ちを大切に考えてくれる雄大さんも、自分の口から母親に伝えたりはしないでしょう。ですから、この場を借りてわたしという人間を知っていただけたら、と考えたのです。

これだけは誓（ちか）って言えます。雄大さんには大学院に進んで、食品に添加する香料の研究を極めるという目標があります。わたしは、雄大さんの将来の邪魔をするつもりは少しもなく、彼の夢の実現に向けて応援する姿勢でいます。その姿勢は、つねに愛情深く雄大さんを見守っておられるお母さんと同じはずです。

わたしが最初の結婚をしたのは、二十四歳のときでした。まだ新米看護師で、仕事に専念すべきときだったかもしれませんが、職場は別々でも相手が同じ医療現場で働く検査技師だったので、仕事と家庭の両立に理解があると思ったのです。

わたしの職場が出産しても女性が働きやすいところだったので、結婚して一年が過ぎたとき、子供を持とうと意見が一致しました。院内に託児所があるような恵まれた職場だったからです。とはいえ、ゼロ歳児の枠は少ないので、定員になる前に妊娠して、前もって届け出ておかなくてはなりません。

わたしと夫は、カレンダーを眺めながら、「この日までに妊娠すれば間に合うね」「それじゃ、逆算してこのあたりにしようね」などと話し合いました。生々しい描写ですみません。でも、結婚して、保育施設等に預けるのを前提として、計画的に子供を作るとなれば、どこの夫婦でもあたりまえに交わす会話ですよね。

言うまでもありませんが、女性の場合は、月にたった一度排卵するだけです。そのたった一つの卵子が夥しい数の精子のうちの一つと奇跡的に結ばれて……。まさに、奇跡的な出会いです。現在の地球の人口は、七十三億くらいでしょうか。気の遠くなるような数字ですが、その七十三億の人間の一人一人が、そうした奇跡的な出会いによって生まれた人間だと思うと、わたしは頭がくらくらするのです。

すみません。話がそれました。

とにかく、わたしたちは、真剣に子作りに励みました。けれども、うまくいきませんでした。カレンダーに丸をつけた日に夜勤が入ってしまったり、夫のほうに用事が入ってしまったり、二人の都合がついた日に〇〇しても、妊娠には至らなかったり……。そんなふうに、またたくまに一年が過ぎました。

昔は、結婚した男女が避妊をせずに、一般的な夫婦生活を二年間営んでも子供を授かることのできない場合を「不妊」と呼んでいましたが、日本産科婦人科学会は、二〇一五年からその期間を一年に短縮しています。一年以内に子供を授かる夫婦が八十パーセントという統計上の数字が出ており、夫婦生活が二年以上になると、実に九十パーセントの夫婦が子作りに成功するのだそうです。

当時は、「不妊」と称される期間が二年だったこともあり、二年間はひたすら受精いました。

のタイミングを合わせる方法を採り、「おめでたです」と言われる日を心待ちにして

もっと早くに検査を受けておけばよかった、とのちに後悔しました。

二年が過ぎてようやく、「おかしいんじゃない?」「お互い、検査を受けてみよう」となりました。わたしは、結婚前の婦人科検診で子宮等に異常がなかったので、普通に妊娠できるものと思い込んでいましたし、学生時代にアメフトをしていた屈強な身体が自慢の彼にしても、自分の生殖能力を疑うことなど微塵もなかったのです。

ところが、検査の結果、彼の精子の数が平均より少ないことが判明しました。とはいえ、無精子症というわけでもないので、希望は持てます。医者の勧めで食生活や睡眠時間に気をつけて、それからしばらくはタイミング療法を続けました。

それでも成果が得られないとわかると、人工授精を提案されました。

不妊治療に縁のない人には、人工授精がどんなものなのかはっきりとはわからないでしょう。

人工授精とは、摂取した精液をカテーテルという細い管を使って子宮に直接注入するもので、精子を卵子が受精しやすいところに入れる治療法です。受精して子宮に着

床し、妊娠に至る率は十パーセントから二十パーセントと言われています。四回から六回まで受けて妊娠する率は九十パーセントと聞いて期待したのですが、費用がかかります。病院によって違いますが、一回一万円から三万円でしょうか。もちろん、そのほかの検査や受診に費用がかかりますし、通院のために仕事を休んだりするので職場には迷惑をかけてしまいます。

わたしたちは合計四回受けましたが、残念ながら妊娠には至りませんでした。五回目に挑戦するかどうか、というときになって、夫が渋り始めました。「自分が機械になったみたいで嫌だ」と言うのです。

若いときに難なく妊娠されたお母さんは、不妊治療で男性がどんなことをするかおわかりにならないかと思います。人工授精をするためには、男性が精子を採取しないとならないのです。簡単にいえば、自慰行為によって射精し、その精子を容器に採取することです。

この採精という作業に夫は耐えられなくなったみたいでした。クリニックの中のメンズルームと呼ばれる狭い採精室で、裸の女性の写真が載った雑誌やアダルトビデオを見ながら自慰行為をするのが苦痛でならなかったのでしょう。

でも、苦痛といえば女性のほうが肉体的に受けるダメージは大きいのです。わたしは子宮の入り口が少し曲がっているせいか、カテーテルを入れるときのちくりとした痛みに耐えなければならないし、何度乗っても内診台には慣れません。

それでも、子供がほしいという強い願いが夫婦で共通していたので、何とか不妊治療を続けることができたのです。

五回目の人工授精が失敗に終わったときには、黙っていても二人とも体外受精へと進む道を選択していました。

体外受精とは、女性の卵巣から卵子を取り出して男性の精子と受精させ、数日の培養後、細胞分裂（分割）が始まったのを確認したのちに女性の子宮内に戻すという治療法です。かつては「試験管ベイビー」と呼ばれていたとか。これも都市部と地方で、病院の規模やスタッフの数などで違いはありますが、一回十万円から七十万円という高額な費用がかかります。わたしたちは、最初から三回までと決めていました。

一回目は失敗、二回目も失敗したとき、夫が「もうやめないか」と言い出しました。

「三回まで、って約束じゃないの」

わたしは抵抗しましたが、

「考え方を変えないか」

と、夫は言うのです。「子供がいない人生があってもいいじゃないか」と。

三人きょうだいの真ん中で育った夫は、結婚前から「子供は三人ほしいよな」と言っていたので、なぜ急に考え方が変わったのか不思議でした。

そしたら、「予想外に不妊治療に金がかかって、趣味の釣りにまったく使えなくなったから」と言うのです。昔から夫は釣りが趣味で、わたしとも彼の釣り仲間の紹介で知り合ったのですが、治療を始めてからは家計を切り詰めて、お小遣いも減らさざるをえませんでした。趣味に費やすよけいなお金などあるはずはなく、貯金もどんどん減っていって、マイホームを考えるどころではありません。

「三回までと決めたんだから、もう一度トライしようよ。でないと、わたし、諦めきれない」

「次だめだったらどうする？　諦められる？　大体、こういう治療って終わりが見えない。諦めるきっかけがつかめない。悲壮感がかえって自分を精神的肉体的に追い詰めるってこともあると思うんだ。お互い、まだ二十代なんだし、もっとリラックスして治療に臨まないと」

「まだ二十代？　リラックス？　そんなふうにのんびりできるわけないでしょう？　前にも言ったかもしれないけど、わたしは一人っ子だったから寂しかったの。だから、結婚したら、子供は二人以上はほしいと思っていたの。そのためには、一人目はできるだけ早く産まないと」

「期限を切ってもいい。どうだろう、一度自然に任せてみたら」

「自然に任せるって、治療を中断するって意味？」

「ああ。半年でもいい。タイミング療法にも縛られず、ごく自然にね。温泉でも行って少しゆっくりしよう。それで妊娠したってケース、あるじゃないか」

「わかった。いずれにしても、もう一度トライしてからね」

そんな話し合いがあっての三度目。

――神様、どうか願いを叶えてください。

結果がわかるまで、わたしは必死に祈り続けました。人工授精もだめで体外受精もだめとなったら、ふたたびタイミング療法に戻っても成功するわけがありません。夫の精子は平均より少ないのですから。でも、それを言うと彼が傷つくと思ったので、口にしないようにしていました。

ところが、願いもむなしく、三回目も失敗に終わりました。もう貯金も底をついています。

「これだけやってだめってことは、わたしたち、縁がなかったってことね」

大きすぎる失望感が、無意識に口から吐き出させたのでしょう。その言葉は夫の胸に深く突き刺さったに違いありません。

「ああ、そうかもな。縁がなかったんだな」

しらけたような顔でそう受けた夫との仲がぎくしゃくし始め、夫の外泊が徐々に増えていきました。

女性の存在に気づいても、わたしは責める気にはなれませんでした。

だから、夫が黙って差し出した離婚届に黙って判を押せたのかもしれません。

離婚してからのわたしは、一度は仕事に没頭しようとしました。頭の片隅にはつねに子供のことがあったけれど、払拭（ふっしょく）するために休日には何かしらの用事を入れたのです。

雄大さんと出会ったのは、わたしが自主的に参加した講演会の会場でした。新薬の治験（ちけん）がテーマの講演で、視野を広げるために参加した理学部の学生の雄大さんと隣り合わせになったのです。筆記用具を貸してあげたことから話すようになり、連絡先を交換しました。

最初から年齢差を気にしていたのはわたしのほうで、雄大さんは頓着せず、年下の彼のほうが積極的でした。離婚歴があると知れば離れていくだろう。そう思っていたのに、過去を知っても彼の気持ちは変わらなかったのです。

ここで、雄大さんにも話していないことを告白します。わたしは、ずるい作戦に出ました。「ぼくに経済力がつくまでは」と、ためらっていた雄大さんをだます形で、「安全な日だから」と、避妊具なしで愛を確かめ合ったのです。心のどこかに女としての可能性を試してみたい気持ちがあったのかもしれません。

結婚生活においてあんなに治療を重ねても妊娠しなかったのだから、排卵日前後を選んだとしても、一度の交わりで妊娠するはずはないだろう、と思っていました。

ところが、そのたった一度の交わりで妊娠したのです。

――わたしたちの相性はよかったのだ。縁があったということだ。

わたしは、そう見なして狂喜乱舞しました。

「ごめんなさい。計算違いだったかもしれない」と言い訳しながら妊娠を告げると、雄大さんはちょっと戸惑った様子でしたが、それでも「授かった命は大切にしよう」と喜んでくれました。

気が早いかもしれませんが、「男の子ならどういう名前にする?」「女の子ならこんな名前にしない?」などと、マタニティ雑誌を見ては話しています。

いま三十一歳のわたしは、出産時には三十二歳になっています。子供は二人はほしいのです。

出産後に保育施設に預けるとしても、今後、お母さんの手をお借りすることが多々あるかと思います。そんなときは、どうかお力を貸してください。わたしの母は、一昨年病気で他界しています。離婚で心配をかけたのがいまだに心残りです。

「これからは、ぼくの母親を本当のお母さんだと思えばいい」

と、雄大さんは言ってくれました。

甘えてしまってもいいのでしょうか。

どうぞこれからもよろしくお願いします。

できてしまったものは仕方ない。

いや、こんな言い方はよくないね。

授かった命は大切にしないといけない。

仕事の関係ですぐには帰れそうにない。

雄大や香菜さんに会って話すのは、だいぶ先になるかと思うけど、それまでみんな元気でいてほしい。自分も健康管理には気をつけている。そっちは秋も深まって、これから本格的な寒さがくるだろうから、幸恵も身体を大切にして。

4

鞄の中で携帯電話が鳴ったのは、小学二年生の国語の答案用紙の丸つけをしていたときだった。

5

幸恵は、雄大が高校生になったとき、小学生向けの学習塾を開いていた雄大の中学時代の同級生の母親、長島聡子に頼まれて週に四日、夕方まで塾の手伝いをするようになった。

雄大を二十一歳で出産した幸恵は、クラスの保護者会では若い母親として目立っていた。雄大の同級生は聡子にとっては第二子で、彼女が三十三歳のときの子である。したがって、幸恵と聡子とはひとまわり年が離れている計算になる。

聡子の長女は結婚しており、去年子供が生まれている。この聡子に雄大と香菜の話をしたら、

「あら、おめでとう。あなたもわたしと同じで、来年にはおばあちゃんね」

と、笑顔で祝福された。「それにしても、ずいぶん若いおばあちゃんよね。来年、幸恵さんは四十四歳でしょう?」

「ええ……まあ」

聡子にからかわれて、雄大と香菜の子が生まれたら、自分は「おばあちゃん」と呼ばれる存在になるのだ、と改めて思ったのだった。

携帯電話を取り出すと、雄大からかかっている。急ぎの用事でもないかぎり、仕事

のある日は職場にかけてこないはずだ。胸騒ぎを覚えて電話に出ると、「今日、定期健診の日だったんだけど、彼女の身体に異変があったんだ」と、雄大は重い口ぶりで言う。

「それって……」

「お腹の中の赤ちゃん、動いてないって」

悪い予感が的中してしまった。流産したということなのだろう。

「すぐに取り出さないとならないらしい。つまり、その……中絶手術になる」

「香菜さんが心配ね。お母さん、病院に行くわ」

心のケアに当たらないといけない。自分が母親がわりになるつもりで言うと、

「それが……お母さんには来てほしくないと、彼女が言っている」

「えっ？」

幸恵は絶句した。香菜に何かしただろうか、と手紙をもらってからいままでを顧みた。手紙をもらったあと、香菜とは一度外で会っている。香菜が勤めている病院のそばの喫茶店で待ち合わせて、一緒にランチを食べたのだ。

しかし、そのときも変わった様子はとくに見られなかった。「海外赴任中のお父さ

んから、何か連絡ありましたか？」と聞かれて、メールの文面を見せただけだった。

「ぼくにも理由はわからないんだ。だけど、あんなに子供をほしがっていた彼女だから、精神的に不安定になっていて、いまはぼく以外には誰にも心が開けない状態なんだと思う。お母さんにも会いたくないんだろう。だから、手術が終わって彼女の身体が回復して、気持ちが落ち着くまで待って」

戸惑っている幸恵に、雄大はやさしくそう言った。

結局、香菜に会う許可が下りるまでひと月待った。

香菜は、ふたたび病院の近くの喫茶店を待ち合わせ場所に指定してきた。

その日、幸恵は身体がだるく、あまり体調がよくなかった。けれども、このチャンスを逃したら香菜にはしばらく会えないかもしれないと思い、贅沢な気はしたが、電車を使わずにタクシーで待ち合わせ場所に向かった。

香菜が先に来て、窓側の席をとっていた。テーブルにはホットコーヒーが置かれている。

「体調はどう？」

「もう大丈夫です。普通に仕事をしてますから」

体調を気遣って聞いた幸恵に、ちょっと怒ったような口調で答えると、香菜は視線を幸恵の顔から腹部に移した。

「ホットミルクを」

店員にコーヒーではなくホットミルクを注文すると、幸恵は背もたれに寄りかかり、小さく吐息を漏らした。最近、疲れやすいのだ。

「お母さん、どうして隠していたんですか？」

こわばった表情で、香菜は責めるように問うた。

「……どうしてわかったの？」

生唾を呑み込んだあと、幸恵は静かに問い返した。

「わかりますよ。同じ女ですもの」

ようやく香菜の口元に笑みが生じた。「お母さん、前にここで会ったときに、お腹をかばうようにされていたし、コーヒーが好きだと雄大さんからは聞かされていたけど、食事のときに今日みたいにホットミルクを注文したし、それにあのメールの文面です。あれは、お父さんが妻であるお母さんの身体を労って書いたもの、と読めますよね」

「隠すつもりはなかったのよ。最初に雄大が香菜さんを連れて来たときは、まだはっきりとはわかっていなかったの。何だか身体の調子がおかしいかな、って程度で。早めの更年期かと思ってね」

香菜の勘のよさに驚きながら、幸恵は言い訳をした。

「水くさいじゃないですか。わたし、すごく恥ずかしかったけど、思いきって赤裸々な過去を手紙にしたためたんですよ。うそ偽りのない感情もすべて吐露して。お母さんと仲よくなりたい一心で。それなのに……。だから、手術のあとも素直になれなくて。今日もわたしが言わなかったら、黙ったままでいるつもりだったんですか？　流産してしまったわたしを哀れんで、ご自分の妊娠は隠しとおすつもりでいたんですか？」

「そういうわけではないけど……」

「おめでとうございます」

と、香菜は満面の笑みで祝いの言葉を口にした。「お母さん、第二子がほしかったんでしょう？　雄大さんが以前、言っていました。『ぼくは昔、クリスマスプレゼントに弟か妹がほしいと言って、お母さんを困らせたんだ』ってね。成長してから、

『あのとき、プレゼントしてあげたかったけど、できなかったのよ』って説明されたとか。そうですよね？」

「ええ、そうなのよ」

　幸恵はうなずいて、四歳になった雄大を連れて家族でシンガポールから帰国し、「そろそろもう一人ほしいね」「次は女の子がいいかな」などと夫婦で話し合った遠い日を思い起こした。

「香菜さんは、最初の結婚で不妊治療にずいぶん苦しんだと思うけど、わたしの場合は、二人目不妊に苦しんだわね。その言葉を知ったのは、ずいぶんあとだったけど、一人目がすんなり妊娠できて、二人目がなかなかできない状態をそう呼ぶの。二人目不妊に悩んでいる人は、いまもたくさんいるそうよ。とにもかくにも妊娠、出産したんだから、次も大丈夫。二人ともそう思って、自然に任せていたの。だけど、妊娠しなかった。婦人科も受診したけど、どこも異常はなくて、それは主人も同じだったの。でも、主人が『子供は授かりもの』という考えだったから、授からなければ授からないでいい、とわたしも思い込もうとしていたのね」

　運ばれてきたホットミルクに口をつけ、身体が温まったのを確認してから、幸恵は言葉を紡いだ。「だけど、本当は、わたしはもう一人ほしかったの。自分が一人っ子だったから、雄大にはきょうだいを与えてあげたかった。できれば女の子がほしかった。ううん、性別なんてどっちでもいい。とにかくもう一人、子供がほしかったの。でも、望んでも授からない。三十歳、三十五歳、と年を重ねて、気がついたら四十歳を過ぎて、もう子供は望まない年齢になっていたのね」

「そうなんですか」

「結婚したら子供は自然にできるもの。ほしい子供の数も自分で決められるもの。結婚する前からそんなふうに思っていたわ。傲慢だったのね」

「わたしも同じです。結婚したら子供は簡単に授かるもの。そう思っていました」

そう言って、香菜は首をすくめた。

「まさかこの年で妊娠するなんて……」

照れくささを隠すために幸恵も首をすくめて、その先を続けた。「最初は信じられなかったわ。もちろん、心あたりはあったんだけど。わたしも赤裸々に告白すると、あのときは……すごく久しぶりだったのよ。主人が帰国する直前に飛行機が墜落する事故があったから、帰宅したあの人の姿を見たら何だか愛おしくなってしまって。ああ、無事でいてくれてありがとう、って涙が出てきて。あちらもわたしの涙を見てこみあげるものがあったのか、それで……わかるでしょう？　いまさら避妊なんかしなくたって大丈夫、ってどちらも思ったのね。そしたら、できちゃった。お医者さんだって、『おめでたですよ』と単純に喜んでくれたわけじゃなかったわ。『どうしますか？』と聞いてきた。中絶するかどうか意思確認されたのね。経産婦とはいえ高齢出産のリスクもある。迷ったけど、産む決意をしたの。だって、せっかく授かった命だもの、育ててあげたい。二人目を授かるまでに多少時間がかかっただけ。そう思うことにしたの」

「わたしもお母さんのご決断に賛成です」

と、香菜は力強い口調で言ったあと、声を落とした。「あの……お母さん、流産したわたしを不憫（ふびん）に思うのでしたら、出産にあたって一つお願いを聞いてくれませんか？」

6

木陰に置かれたベンチに座って、幸恵は文庫本を広げていた。育児に追われる毎日で、読書をする時間すらとれない。一人で映画を観たあと、喫茶店でお茶を飲みながら読書をして、それから待ち合わせのこの公園にやって来た。まだ少し時間があったので、文庫本の続きを読んでいたのだった。「たまには、ゆっくり息抜きすればいいよ」と、息子とお嫁さんが作ってくれた貴重な時間である。

「ここ、いいですか?」

声をかけられて顔を上げると、大きな鞄を肩にかけた六十代くらいの女性が立っている。

「ああ、どうぞ」

幸恵は、少し横にずれてベンチを勧めた。

「読書ですか。いいですね」

隣に座った女性は、ガーゼのハンカチで額の汗を拭(ふ)きながら、少し先の砂場へと目をやった。七、八人の女児が小さなシャベルやバケツを持って砂遊びに興じている。

「今日はわたし、娘夫婦に孫の世話を頼まれてね。こんな鞄も持たされて」

「マザーズバッグですね」

と、幸恵は、彼女が脇に置いたパッチワークが施された布製の手提げ鞄に目をやった。中には着替えやタオルや水筒などが詰め込まれているのだろう。

「ほら、あれがうちの孫娘だけど」

と、女性が指差した先を幸恵は見極めることができなかった。

「お孫さんの世話は大変でしょうね」

どう世間話を切り出していいものか迷い、とりあえず無難な言葉をかけたとき、

「お母さん、お待たせしました」

と、香菜の弾んだ声がした。

香菜がベビーカーを押しながら、砂場の向こうの遊歩道を雄大と並んでこちらに歩いて来る。

幸恵は、手を上げて応じた。

「お母さん、それ、読み終わった?」

と、雄大が近づきながら幸恵が手にした本を指で示した。

「もうちょっとだけど」

「じゃあ、もう一周して来ますね」

返事を待たずに、香菜がベビーカーを方向転換させて、いま来た道を戻り始めた。

「お孫さんですか?」

雄大と香菜が立ち去ると、隣の女性が目を丸くして尋ねてきた。

「ああ、ええ、まあ」

雄大と香菜がベビーカーを押していて、その二人に「お母さん」と呼ばれたら、誰でも幸恵をベビーカーの中の赤ちゃんの祖母だと思うだろう。それももっともだと諦観(ていかん)して、幸恵はうなずいた。

「ずいぶんお若いおばあちゃんですね」

と、隣の女性は、長島聡子と同じ表現を使った。

「ええ、わたしが息子を産んだのは二十一でしたから」

「じゃあ、息子さんの結婚も早かったんですね」

「ええ、まあ。学生結婚でしたね」

それは事実で、うそをついたわけではない。

「おたくのお孫さん、何ていう名前なんですか？」

孫娘ではなく娘の名前を聞かれて、幸恵はちょっとためらったあと、バッグからボールペンを取り出して、文庫本のカバーに「心華」と書いた。

「それ、何と読むんですか？　こころか、ちゃんかしら。ここか、ちゃんかしら」

と、女性が首をかしげる。

「このか、です」

と、幸恵は言った。

「まあ、それで『このか』と読むんですね。いま流行りの……」

言いかけて、ごめんなさい、と女性は口をつぐんだ。

いま流行りのキラキラネームですね、と言いたかったのだろう、と幸恵は察した。つけたい名前ではなかったが仕方ない。生まれてくるわが子の命名権を香菜に与えてしまったのだから。名づけ親になるのが、はじめての子を流産した香菜の「お願い」だった。

「でも、どんな名前でも可愛いですよね。女の子は」

と、女性は取り繕うように言った。

「そちらのお孫さんは？」

「うちの孫は、『優子』と書いて、ゆうこ。古風な名前でしょう？　わたしがつけたんですよ」

「そうですか。いい名前ですね」

幸恵は言った。優子。やさしい響きの名前。その名前こそ、女の子が生まれたらつけたいと思っていた名前だった。

――キラキラネームでもかまわない。元気に生まれてきてくれたのだから。

そう思って、幸恵は目を細めて砂場で遊ぶ女児たちを眺めた。近い将来、香菜のお腹の中にも新しい命が宿る日がくる。そんな予感を、いま受けた。

第五話　ダブルケア

1

最初に変だと思ったのは、お味噌汁を飲んだときでした。

——わたしの母が作るお味噌汁は、世界で一番おいしい。

そう自負してきたわたしです。それなのに、そのときは口につけた瞬間、すっぱい、と感じたのです。いつもの昆布だしにすし酢を加えたような味がします。

——調味料に異質なものが混じっている？

それとも、具材の何かが腐りかけているのかしら。それは、玉ねぎとにんじんにワカメと豆腐が入ったお味噌汁でした。腐るとしたら、豆腐か玉ねぎ？

自分の味覚がおかしくなったのかもしれないと思い、もうひと口飲んでみましたが、やっぱり、すっぱいのです。

それで、母には悪いと思ったのですが、そのお味噌汁は捨ててしまいました。

捨ててしまってから、そういえば、とふと思い起こしました。料理上手の母の作るものは、煮物でも揚げ物でも何でもおいしいのですが、前回食べた筑前煮の味つけが妙に濃すぎたのです。塩が多すぎたのか、醤油が多すぎたのか。それでも、せっかく作ってもらった料理に文句を言っては悪いと、黙って食べました。食べたあとで、ずいぶんたくさん水を飲んだものですが。

――もしかして、母の舌が衰えてきたのかしら。

味覚にも老化が表れると聞いたことがあります。

でも、自分の母親の老いを認めたくなくて、わたしは〈大丈夫、気のせいよ〉と、頭に浮かんだ不安を払拭しました。

けれども、変だと感じる場面は少しずつ増えていきました。とはいえ、同居しているわけではないので、気づくのが遅かったのは否めません。

そして、もう〈気のせい〉ではすまされないようなレベルに至ってしまったのです。

2

「史江、わたしのお財布知らない？」

実家に入るなり、母の静子から聞かれ、史江は、またか、と小さなため息をつきながら、「知らないわよ」と答えた。前回は、病院の診察券が見あたらない、と騒いでいた。

「家中探しているけどないのよ」

「バッグの中は見たの？」

「見たけどなかった」

「バッグを変えたんじゃないの？」

「バッグというバッグ、全部調べたけどなかったの」

「どこかで落としたんじゃないの？」

外で落としたとしたら大変だ、紛失届を出さないといけないし、と気が重くなって確認すると、

「そんなはずはない」

静子は、顔を紅潮させて言い返した。「だって、病院から戻って、売店で買ったものを並べたとき、お財布も一緒に出したもの。少なくとも、家に持ち帰ったってことでしょう？」

腰痛の持病のある静子は、定期的に自宅前の停留所からバスに乗って、整形外科に

通院している。

「そう。だったら……」

頭の中に一つの光景を描き出して、史江はダイニングキッチンに入った。実家の台所は、しゃれたキッチンカウンターのない、窓に向かって流しとガスコンロが並んだ昔ながらの造りだ。その前に置かれた四人がけのテーブルの下をのぞく。

あった。見憶えのある緑色の長財布が、リノリウムのタイルを貼った床に落ちている。

「お母さん、これは何なの？」

財布を拾い上げて、われながら嫌味な言い方だと自覚しながらも、母親に向かって盗品を見つけた刑事のように振ってみせる。

「あ……そこにあったの」

静子は、ばつが悪そうに小さな声で受け、叱られた小犬のようにしゅんとなった。

「このあいだは、仏壇に置き忘れて探していたじゃない？　その前は『ゴミ捨てに外に出たすきに空き巣に入られて、財布だけ盗まれたかもしれない』なんて言って。お母さん、大丈夫？　しっかりしてよ」

そこまで言ってしまって、言いすぎた、と史江は反省した。一人暮らしの静子は、八十二歳という高齢なのである。もの忘れの症状が生じても当然だ。

「ないない、と騒ぐ前に、ちょっと頭を働かせてみてよ。最後に見た場所の近くにある。そういう場合もあるからね。このあいだの診察券だって、そのとき読んでいた新聞のあいだに挟まっていたでしょう？」

「うん。わかったわ」

「それから、ものの置き場所はちゃんと決めておいて。もとあった場所に戻せば、絶対になくなるはずないでしょう？　お財布の置き場所も決めておいてね」

「本当にそうね。しっかりしないとだめね」

静子は、頭を軽くてのひらで叩きながら自分を鼓舞するように言ったが、「だけど、あなたも人のこと言えないじゃない」と、急に反撃に出た。「このあいだ、美央が言ってたわよ。『お母さんったら、自分の頭に載せているくせに、「わたしのめがね、どこにいった？」って大騒ぎするんだよ』ってね。めがねをどこかに置き忘れて、しょっちゅう探しているって」

「美央ったら……」

よけいなことを、と娘の美央に腹を立てかけたが、本当のことだから仕方ない、と思い直した。最近、老眼が進んで、老眼鏡を作り替えたのだが、家の中でつけたりはずしたりしてどこかに置き忘れ、頻繁に探すことが増えているのだ。

「だからって、お母さんと一緒にしないでよ。わたしはまだ五十代なんだし」

八十代の母親とひとくくりにされて気分を害した史江は、

「あのね、お母さん、わたしはここに来たり、美央のところへ行ったりで、すごく忙しいんだからね。頭の中がぐちゃぐちゃになって、どこに何を置いたか、混乱してわからなくなることがあっても不思議じゃないのよ」

と、母親に向かってまくしたてた。

「あらあら、怒らせちゃった？　わかりましたよ」

静子は、苦笑しながら引き下がる。

すべての部屋に掃除機をかけて、ゴミの分別をチェックし終えた史江は、「じゃあ、帰るけど、くれぐれも火の元には気をつけてね。電気ストーブを消し忘れないで。知らない人は絶対に家に上げないで。おかしな電話がきたら、すぐにわたしに連絡して」と、いつもの注意事項を言い連ねると、帰りじたくをした。

「ご苦労さま。いつも悪いわねえ」

玄関まで見送ってくれた静子は、「ああ、そうそう。たくさん作っちゃったから、煮物持って行って」と奥に引っ込むと、密閉容器に詰めた煮物を持って戻った。

「ああ、ありがとう」

——このあいだの煮物、ちょっとしょっぱかったけど。

史江は密閉容器を受け取って、喉(のど)までせり上がった言葉を呑(の)み込んだ。料理上手だと自他ともに認める静子の尊厳を傷つけることになるのは必至だ。年齢とともに味覚にも老化が訪(おとず)れるという。

昼どきに掃除に来たときに、「あなた、お昼まだでしょう? ご飯とお味噌汁が残っているから、食べて行きなさい」と静子に言われ、口をつけた味噌汁が酸味の強い味に感じられたこともあった。そのときは、飲むふりをして、母が席をはずしたすきに流しに捨ててしまったが、やはり、味覚がだいぶ衰えてきたのかもしれない。

——老化が進んで、認知症の兆候が現れたりしたら、どうしよう。

いつまで一人暮らしをさせられるだろうか。史江は、不安を募(つの)らせた。いずれ、自宅に引き取ることになるかもしれないが、「身体(からだ)が動くうちは、お父さんの仏壇のあることの家にいたい」と言い張る母の好きなようにさせているのである。

自宅から実家までは車で三十分。腰痛を訴える静子のために、週に二度、掃除機をかけに実家に通う生活が続いている。ついでに、スーパーに寄って食料品も買って届けているし、不燃物の大きなゴミは持ち帰って自宅で処分している。

3

史江には、自宅に戻る前にもう一つ任されていることがあった。

学童保育所に孫娘を迎えに行くことである。

孫娘の渚（なぎさ）は小学一年生。放課後、小学校の近くの学童保育所に預けられている。渚の母親である美央、すなわち史江の娘はパート勤めをしているので、かわりに史江が迎えに行っている。渚は週に一度スイミングスクールに通っているが、その日は早めに学童に行って引き取って、送迎バスの場所まで連れて行かねばならない。

車を運転しながら、五差路にさしかかると、不意にけさ読んだ新聞記事が脳裏に浮かんだ。

六十五歳の主婦が、都内の自宅で寝たきりの夫と無理心中しようと考えて、寝室に火をつけた事件があったが、現住建造物等放火と殺人未遂の罪に問われた主婦に対して、検察は懲役五年を求刑したという。

事件に至るまでの経緯を読んで、史江は、会ったこともないその主婦に心から同情した。彼女は、三年前に夫が脳梗塞(のうこうそく)で倒れて寝たきりになる前に、認知症の義母もまた自宅で介護していたのだった。パートの仕事を続けながらの義母の介護は五年に及び、徘徊(はいかい)を繰り返す義母を探し回って疲れきった日もあったが、認知症でも微笑(ほほえ)みとともに口にしてくれる「ありがとう」「明日も頼むね」という感謝の言葉が心の支えだったという。ところが、夫の介護は彼女には苦痛でしかなかった。夫は「お茶がぬるい」とか「煮物に味が染みていない」などと細かいことでつらく当たり、彼女は次第に眠れなくなっていった。

事件の引き金となったのは、いつものように料理の味つけや風呂(ふろ)場での髪の洗い方に文句をつけられたあと、彼女が家事を終えて寝室に行くと、部屋が真っ暗な状態だったことだという。いつもは豆電球をつけておいてくれる夫がその豆電球さえもつけずに寝ていたのだ。

――わたしの存在そのものを否定された。

そう感じた彼女は、納戸からポリタンクを取り出し、灯油を夫のふとんの周囲にまいた。火をつけたろうそくをそばに立てると、自分も隣のふとんに潜り込んだ。幸い、壁や天井が燃えただけで、消防隊によって火は消し止められたというが、放火の罪は重い。

――どういう判決が下されるのかしら。わたしが裁判官なら、執行猶予をつけるのに。

史江は、大きなため息をついた。事件を報じる記事の最後にあった「介護者の五人に一人が複数の家族らを世話する多重介護――ダブルケアの状態にある」という一文が思い出され、鬱々とした気分に陥った。

――多重介護というなら、彼女ほど深刻でないにしても、わたしもそうだったのかもしれない。

史江は、去年までの目が回るようなあわただしい日々を思い起こした。同居していた夫の両親を続けて看取り、そのあと実家の父親も看取った。義父は自宅の風呂場で脳梗塞を起こして倒れ、病院に運ばれて三か月入院した。退院後は、史江が義母と交替で介護に当たっていた。そんな介護生活が何年か続いたのちに、今度は義母が認知症にかかり、外を徘徊するので目が離せなくなった。

義父母の介護生活は二人合わせて七年に及んだが、その最後の年に今度は実家の父親が脳出血を起こして、下半身に麻痺が残った。当時はまだ腰痛が悪化していなかった静子が自宅で夫の介護をし、史江はわずかな時間を見つけては実家に通って母の手助けをする生活を続けた。紙おむつを切らしてしまい、自転車を走らせて急いで近くのスーパーに買いに行った帰り道、荷かごが重すぎてバランスを崩し、自転車ごと転んで頭を打ったこともあったが、怪我の手当てをする暇もなく、こぶができたから大丈夫、と自分の胸に言い聞かせてすませたほどだった。

夫は会社勤めをしていたので、日中の老人らの介護は史江一人の肩にかかっていた。

そのころの走り回るような日々を顧みると、よくやった、と自分で自分を褒めてやりたくなる。当時に比べたら、はるかに楽になったとはいえ、現在も複数の人間の世話をしている状況に変わりはない。もの忘れの症状が出始めた腰痛持ちの一人暮らしの実母の世話と、母親がクリーニング店でパート勤めをしている孫娘の世話を担っている。まさに、ダブルケアではないか。

その孫娘を学童保育所から引き取って、美央の自宅に連れ帰った。

「ママは今日遅くなるからって、おばあちゃんが夕飯作りを頼まれたの。宿題はあるの？」

「漢字の書き取りがあるよ」

「じゃあ、それをやっちゃいなさい」

渚が居間で宿題を始めたのを見て、史江は夕飯の準備に取りかかった。造園会社に勤めている美央の夫も今日は帰りが遅いと聞いている。

まずは、メニューが重ならないようにするために冷蔵庫の扉に貼られた給食の献立表を見る。娘の家で夕飯まで作るのは久しぶりだ。

「最近の小学校って、しゃれたメニューを出すのね。今日は、ミニピザだったの？フランクフルトやコーンスープが出る日もあるのね。あら、パオズなんてのもある」

今月の献立をざっと見て、「ひいおばあちゃんからもらった煮物があるから、ほうれん草を茹でて、冷凍庫のお魚を解凍して焼こうか。とりあえず、お味噌汁を作るわね」と言うと、

「お味噌汁、嫌い」

と、渚が即座に返してきた。

「あら、まあ、どうして？」

「トマトスープがいい」

「そう。じゃあ、そうしようか」

孫にはつい甘くなる。煮物と焼き魚にトマトスープでは合わないかとも思ったが、育ち盛りには食べたいものを食べるのが一番だと割りきることにした。

4

食卓が整ったころに美央が帰宅した。

「わあ、おいしそう。お母さん、ありがとう」

食卓を見て、美央が感激したように言う。「それに、部屋が暖まっているのも嬉しい。助かるわ」

「ねえ、渚ちゃんはお味噌汁が嫌いなの？」

宿題を終えて居間でテレビを観ている渚をちらりと見やって、史江は声を落とした。

「お味噌汁？」

美央はちょっと眉をひそめたが、「ああ、最近、あんまりわたしが作らないから」と言葉を続けた。

「ご飯にお味噌汁は日本人の基本でしょう？」

「いまは核家族で、お味噌汁なんか作っても残っちゃうし、インスタントもあるからそれでいいでしょう？　朝はパン食が普通だしね。お父さんだって、最近は、朝はパン派なんですって？」

美央は、説教なんてたくさん、と言いたげに言い返す。

「お父さんなんていいのよ。もうすぐ前期高齢者入りだしね。でも、美央は、子供の食育のためにもたまにはきちんと作らないと」

「そうしてあげたいけど、余裕がないのよ。パートなんて言っても、けっこういろいろ任されちゃって、時間どおりに店を出て来られない日なんてしょっちゅうよ」

「もう少し勤務時間が短い仕事に変われないの？」

「そんな楽な仕事なんかあるわけないじゃない。ここをどこだと思ってるの？　山梨よ。都会とは違うんだから、仕事だって選べるほどないもの」

美央は、頬を膨らませた。「お母さんだって、知ってるでしょう？　パパのお給料がどのくらいか。住宅ローンだってあるし、渚が二年生になったら、もう一つ習い事させたいし、そしたら教育費だってもっとかかるのよ。それに、そろそろ……もう一人ほしいし」

「そうね」

史江は、口をつぐんだ。以前も子育てを巡って口論になったとき、「ずっと専業主婦だったお母さんにはわからない」と、吐き捨てるように言われたことがあったからだ。

美央を含めていまの若い子育て世代の夫婦を見ていると、自分たちの世代とは時代が違う、大変だな、と史江も思う。少子高齢化が進んだ社会では、少ない数の若者たちが大勢の高齢者たちを支える形になる。

「払った以上に年金をもらえるのも、お父さんやお母さんたちの世代まででしょう？」

と、美央は不満そうな表情で言う。

「確かにそうね」

それは認めざるをえない。夫は定年後も定年延長制度を利用して同じ精密機器会社に勤務しているが、来年六十五歳になれば年金生活者の仲間入りだ。多すぎる額とは言えないまでも、贅沢をしなければ夫婦二人が暮らしていけるだけの年金はもらえる。住んでいるのは義父母から譲り受け、その後リフォームした家だから、ローンもなければ家賃もかからない。

「ここのローンがきついのだったら、やっぱり、一緒にうちに住めばよかったのに」

いまさら蒸し返しても仕方がないことを、やっぱり口にしてしまう。八年前、美央が地元の高校の同級生と結婚したとき、史江は実家での同居を提案したのだった。ところが、美央は、夫の実家が所有している畑の横の土地に新居を建てると言い、夫の両親の住む家の近くに住居を構えてしまった。

「あのころは、まだおじいちゃんもおばあちゃんも家にいたでしょう？　そんなところにうちのパパが一緒に住めると思った？」

美央は、呆れた声を出して切り返してきた。

「だけど、あちらのご実家のそばに住んだら、渚ちゃんの面倒も見てもらえると期待したのに、結局、保育園に預けることになったじゃない」

美央は、渚を保育園に預けながら家計を助けるためにパート勤めを続けていたのだった。

「仕方ないじゃない。あっちのお義父さんもお義母さんも外に勤めに出ているんだもの」

美央の夫の両親は、史江たち夫婦よりも若い。

「だったら、かわりにお母さんが……」

言いかけて、そうだった、と史江は改めて思い至った。渚が生まれてしばらくして、義父母の介護が始まり、さらには実家の父親の介護も加わって、史江自身に孫の世話をするような余裕がまったくなかったのだ。

「いまなら、お母さんも少しは余裕があるわ。もう一人考えているんだったら、そのときは遠慮なく頼ってね」

疲れもあるのか、不機嫌そうな表情に見える娘に史江はやさしく言った。渚の手前、母子で言い合いはしたくない。

「ねえ、渚ちゃん、きょうだいほしい？」

孫娘にもやさしい声で尋ねると、

「うん、妹がほしい」

と、渚は弾む声で即答し、台所に飛んで来た。「ねえ、ママ、妹がほしい。妹ちょうだい」と、美央のセーターの袖を引っぱる。

「わかった。そのうちね」

美央は苦笑してから、「このあたりはまだ保育園に預けやすいけど、達樹のところは大変みたいよ。待機児童が多すぎて」と、社会問題に話題を発展させた。

達樹は美央の弟で、史江夫婦にとっては長男である。小学校時代から成績がよかったので、かなり将来を期待したものだ。その期待どおりに東京の国立大学に進学したのはよかったが、卒業後はそのまま東京の大手食品会社に就職してしまった。そして、同様に地方から上京して一人暮らしをしていた同僚の女性と早々に同棲して、その後入籍、住まいも自分たちで決めてしまった。すべて親には事後報告だった。

「将来は、地元に帰ってこっちの銀行にでも就職してくれたらいいね」

「こっちに戻って教師になるのもいいかも」

夫婦でそんな話をしていたのに、期待を裏切られた形になった。

「貴美代さん、産む前からもう保育園に預けるって決めているんでしょう？」

達樹の妻の貴美代は、仕事に専念したいからしばらく子供はいらない、と言っていたが、結婚五年目にしてようやく子供を産むことを決意したらしく、現在は第一子をお腹に宿している。

「ゼロ歳児を他人に預けるってどうなのかしら」

娘には不満をぶつけられても、直接貴美代に言ったことはない。そもそも顔を合わせる機会もなければ、電話で話す機会もない。いまの若者の傾向なのか、自宅である賃貸マンションに固定電話を引いてないのだ。貴美代の携帯電話の番号など教えられてはいない。「彼女に伝えたいことがあれば、ぼくの口から伝えるからね」と、息子に釘をさされている。それが嫁姑のあいだで波風を立てない唯一の方法だという。

「都会では、ゼロ歳児のほうが一歳児よりも預けやすいみたいよ」

と、美央は、別段預けることに抵抗がないような口ぶりで言う。「お母さん、達樹にもよけいなことを言わないほうがいいよ。貴美代さんに伝わるから。お母さんが子育てした時代は、まだおばあちゃんも元気で面倒見てくれたんでしょう？　さらに、もう一人おばあちゃんがいたわけだし。それだけ人手があったってこと。いまは、みんなそれぞれに仕事を抱えていて、手があいている暇な人なんていないの」

あたかも目の前の母親が暇な人間だ、と言わんばかりに美央は言い募る。

「でも、前置胎盤とかで、帝王切開で産む予定だっていうし。いろいろと心配だわ」

史江も美央は自然分娩で産んだものの、達樹のときは、胎児の回旋がうまくいかず、産道の途中で圧迫されるおそれがあるとかで、急遽帝王切開でのお産となってしまった。そのときの緊迫した空気と苦痛がいまだに忘れられず、その点では貴美代に共感を覚えているのである。

貴美代の郷里は山口だという。山梨に住む自分のほうが東京に近い。しばらく東京に行ってそばにいてあげてもいいのではないか、と史江は思っている。が、こちらでも自分を必要とする人間が複数いて、どうにも動きがとれない状況ではある。

「大丈夫よ。達樹たちは夫婦で何とか乗り越えるわよ。貴美代さん、学歴もあるし、有能だし、すごく頭のいい人だから。保育園に入れるようにきちんと計算までしているし。だから、予定日を早めたんでしょう？」

「予定日を早めたって？」

出産予定日は来年二月の下旬だと聞いている。

「あっ、お母さん、達樹から聞いてなかった?」

美央は、しまった、というような顔をした。

「どういうこと?」

「貴美代さん、担当医に頼み込んで、出産予定日を早めてもらったのよ。子供を保育園に預けるためには、二月下旬の出産予定だと基準に満たなくて申請できないのだとか。だから、書類上だけでも早い出産予定日を記入してもらうことにしたってわけ」

「そんな……」

史江は、言葉を失った。

5

――早生まれの子の保活(ほかつ)は要注意です。大半の保育園では、生後五十七日に満たない出産予定日の子を基準に達しないものとして、新年度の四月からの入園を受けつけていません。したがって、ゼロ歳児枠で子供を預けることを考えている方は、出産予定日を視野に入れた上で、そこから逆算して妊活することをお勧めします。なるべくなら、早生まれを避けて出産するように計画しましょう。

東京へ向かう中央線の電車の中で、史江は悪寒のようなものに襲われていた。車内は暖房がきいているというのに。

――この悪寒は何なのだろう。

まるで理解しがたい未知の世界を知り、恐怖を覚えたからだろうか。昨日、貴美代が出産予定日を早める理由を聞いて驚いた史江に、美央はインターネットの保活サイトを示しながらさらに説明した。

「いまはね、保育園に預けやすくするために、出産する日を、ううん、さかのぼって妊娠する日、もっとさかのぼってセックスする日を決める時代なのよ」

声を失っている史江に、美央はさらりと言ってのけた。

「わたしが口を滑らせたって言わないでね。お母さんはよけいなことをしないで」

そう美央には念を押されたが、そんなわけにはいかない。娘にも夫にも黙って、史江は上京することにしたのである。

大体、昨夜も夫の帰りは遅かった。来年「完全定年退職」になるから、同僚と飲み歩くのもいまのうち、とおかしな理由をつけて、このところ帰宅の遅い日が続いており、夕飯を用意しても無駄になる日が多い。

それに、夫に話しても、所詮女の気持ちはわかってもらえない、という諦めの気持ちも抱いていたのだった。

――史江さん、お産は病気じゃないのよ。お腹を痛めて産むのが自然。帝王切開は自然に反するの。

達樹を出産したときの義母の冷たい言葉が耳朶によみがえる。好きで帝王切開で産んだわけではない。胎児の命が危なかったから、緊急の手術となったのだ。それなのに、義母は、帝王切開で出産した史江を責めた。帝王切開に対して強い偏見を持っていたのだろう。

それからは、ことあるごとに「帝王切開」を持ち出してきた。誇れるほどの優秀な成績をとって帰ったのに、達樹の通知表を見るなり、「あら、算数や国語はよくできるけど、体育が『もう少しがんばりましょう』なのね。やっぱり、帝王切開で生まれたからかしら。帝王切開で生まれた子は身体が丈夫にならないっていうけど、そうなのね」とため息混じりに言った。達樹が東京の大学を出て東京で就職したときも、

「帝王切開で生まれた子だから、地元愛が薄いというか、こっちに帰ってこっちで就

職しようって気にならないのね」と、こじつけでしかない理由を勝手に編み出した。

　義父の介護に交替で当たっていたときは、介護するのに夢中でそうした義母の無神経な言葉など忘れていたが、義父の介護からも、さらには当の義母の介護からも解放されたいまになって、貴美代の「保活」がきっかけとなって、封印していた過去の苦い記憶が井戸の底から立ち昇ってきたようだ。

　お腹にメスを入れるという自然に逆らったお産をした史江を、義母はきつい言葉で責めた。史江も、できれば美央のときのような自然なお産をしたいと望んでいた。それなのに、貴美代は帝王切開による出産予定日を人為的にずらすという。

　——そんなのだめよ、恐ろしい。

　生まれてくる子に何かあったらどうするの。そう思ってしまう自分に気づいて、やっぱり、まだあの義母の言葉に縛られているのだろうか、と史江は自分に問うた。

　心配ごとで胸が塞がれていたせいで、ゆうべは一睡もできなかった。それで、電車の揺れでうとうとしてしまったのかもしれない。

　目を開けると、まわりは見憶えのない風景である。一瞬、史江は、自分がどこにいて、どこへ行くところなのかわからなくなった。

「ここはどこですか？」

座席の隣の中年女性に聞くと、「次は新宿ですよ」と、彼女は訝しげな顔で答えた。

新宿駅で下車すると、ホームは人であふれ返っていた。また悪寒が全身に生じた。わたしは何をしているのだろう。何人もの人にぶつかりそうになりながら、階段を下りて、目についた改札口の手前の壁に張りつくようにもたれかかった。

――そうだ、貴美代さんの身体が心配で来たんだわ。

ようやく思い出して、強くかぶりを振る。結婚式も挙げず、甲府にも挨拶に来なかった二人である。どんな場所に住んでいるのか気になって、一度だけ上京して、住所をたよりに訪ねて行ったことがあった。そのときは、駅から近いマンションだと確認しただけで帰ったが、訪ねて行ったことは達樹には黙っていた。

バッグに入っていたメモを見たが、マンションの住所が読み取れない。いつもの老眼鏡ではないせいか。昨日は気が動転していたので、美央の家に老眼鏡を置いてきてしまったらしい。けさ家の中をどんなに探しても見つからなかった。

最寄り駅を思い出せなければ、乗り換えの路線などわかるはずがない。史江は、携帯電話を取り出した。息子や娘の携帯電話の番号、実家の電話番号は登録してある。

6

「だから、心配いらないって」

　改札口から一番近い喫茶店に落ち着くなり、達樹は顔をしかめて言った。新宿駅の構内から史江がかけた電話に出た達樹は、「貴美代さんの身体が心配なの。あなたの家に行きたいけど、方向がよくわからない」と、混乱した状況を伝えた母親に「そこを動かないで。じっとしていて。できるだけ早く行くから」とあわてた口調で指示し、それから十五分ほどで駆けつけて来た。ちょうど外回りの途中で、代々木近辺にいたという。息子に手を引っぱられるような形で、史江は喫茶店に入ったのだった。

「だけど、貴美代さん、帝王切開で出産する予定なんでしょう？　しかも、予定日を早めるって。いまは家で休んでいるんでしょう？」

「彼女はまだ仕事しているよ」

「大丈夫なの？」

「ちゃんと定期的に検診を受けているんだ。ずっと横になっていなければいけないってわけじゃない」

「予定日を早めるなんて言うんですもの。自然に逆らうのは身体にもよくないわ」

「姉さんたら、よけいなことを……」

と、小声で言いかけて、達樹はきっと顔を上げた。「あれはね、形式上のことなんだよ。役所に申請するのに早めの出産予定日を記入する必要があってね。もちろん、それまでに通常分娩ができるような状態になればそれはそれでいいし、そういう可能性もあるから、なるべく普通にストレスなく過ごすように、と医者にはアドバイスされているんだ」

「帝王切開でなくて、自然分娩になる可能性もあるって意味？」

「ああ」

「そう」

よかった、と胸を撫でおろした史江だったが、でも、とすぐに気持ちが揺り戻された。「だけど、帝王切開のままって可能性もあるのよね」

「あ……ああ」

「お母さん、あなたを自然分娩で産んであげられなくてすまなかったと思ってるわ。

ごめんなさい」

あやまったら、涙でまぶたが盛り上がった。

「何言ってるんだよ」

達樹は、驚いたように目を見開いた。「ストレスといえば、お母さんのほうがストレスがたまっているんじゃないか？　何だか疲れているみたいだし」

「おばあちゃんのところに通ったり、渚ちゃんを学童に迎えに行ったりしているからね。でも、そんなのたいした苦労じゃないわ。みんな一生懸命働いていて、みんな忙しいんだから」

「お母さん、一人で抱え込みすぎじゃないのかな。去年まではおじいちゃんやおばあちゃんの介護に追われていたし。すべて一人で背負おうとしないで、たとえば、腰痛のあるおばあちゃんの世話は、少し外部の手を借りるとかすればどうだろう。行政の支援を受けて、ホームヘルパーさんに来てもらうとかさ。そしたら、お母さんの負担も軽くなるし、ストレスも減るよ」

「ストレスだなんて思ってないわ。渚ちゃんは可愛いし」

「姉さんも姉さんだよな。お母さんに甘えすぎなんだよ。お母さんが手を貸すからいけないんだ。少し放っておけば、姉さんも自分たちでどうにかするだろう。旦那の両親もそばにいるんだしさ」

——そうなのだろうか。わたしはそんなにストレスを抱えているのだろうか。自分の心の状態が把握できずに、史江がまた自問していると、

「せっかく、去年までの多重介護……って特集をテレビでやってたけど、その多重介護から解放されたんだ。これからは、お母さんが楽になるような方向で考えればいいんじゃないかな。来年、お父さんも退職するんだろう？　そしたら、夫婦でどこか温泉にでもゆっくり旅行すればいいよ」

「そうね。わかったわ」

達樹は、やっぱり男の子で、わたしたちの長男だ。言葉に説得力があって、知性も思いやりもある。魔法をかけられたみたいになって、史江は深くうなずいた。

「すぐ甲府に帰ったほうがいい。特急があるかどうか、調べてあげるよ」

そう言いながら、達樹は携帯電話を操作し始めた。

7

しかし、やはり、史江のほかには時間が自由になる人間などいないのだった。そして、実家の母からの緊急要請を無視するわけにはいかない。

「史江、大変、灯油がこぼれちゃった」

五日後、静子からうわずった声で電話があり、史江は急いで車を実家まで走らせた。あわてたあまり、途中の五差路で一時停止するのを忘れそうになり、横からクラクションを鳴らされてビクッとなった。

実家に入るなり、灯油の匂(にお)いが鼻をついた。ポリタンクを運び入れるときに、台所の床にこぼしてしまったようだ。

「お母さん、言ったでしょう？ ストーブに給油するのはわたしがいるときにしてって」

週に二度通っているのである。灯油ストーブには、その際に史江が給油することにしていた。暖房器具に関しては、ふだんは電気ストーブと電気こたつを併用して、灯油はなるべく使わないようにしている。八十歳を超えた母に給油させるのは危険だと考えての配慮だった。

「でも、このところすごく寒くて。ほら、史江のところよりこっちは山寄りだから、灯油の減りも早かったみたいでね」

「切れたら、わたしを呼んで。そう言ってあるでしょう?」

「わかっているけど、給油くらいでいちいちあなたを呼んで煩わせるのも悪いと思ってね」

「一人のときに何かあったら、と想像するほうが怖いわ」

母親をたしなめながら、あと始末を終えた史江は、居間の壁に貼られた白い紙に気づいた。赤いマジックで「電気ストーブは消しましたか? こたつの電気は消しましたか? 財布は引き出しに戻しましたか?」などと、数項目の注意事項が書き並べてある。

「あら、すごいじゃないの。お母さんが書いたの?」

意表をつかれて聞くと、

「それは……」

と、静子が戸惑いの表情を見せたので、

「そうか。お母さんがこんなことをするわけないわね。美央でしょう？　美央がここに来たのね」

と、史江は推理を巡らせた。「そろそろおばあちゃんの家に行ってみようかしら。年相応にもの忘れが進行しているみたいで、気になるわ」と話していた美央である。それだけでやめておけばいいものを、「もの忘れといえば、お母さんも気をつけてよ。このあいだも老眼鏡、うちに忘れて帰ったでしょう？　お母さんのそれも老化現象じゃないの？」と憎まれ口を叩かれて、史江は「やめてよ。わたしはまだ五十八歳よ」と言い返したものだった。

「まあ、そうだけど」

と答えてから、静子はちょっと眉をひそめた。

「お母さん、だめじゃない。早速、注意事項を破っている。お財布が仏壇に置きっ放しよ」

部屋の中を見回して、史江はきつい口調で指摘した。

「ああ、ごめん。でも、明日は通院の日だから、忘れないようにバッグに入れておこうと思ってね」

「どのバッグ？　じゃあ、いまから用意しておいて」

「ああ、うん」

トートバッグを取りに行く母親の後ろ姿を見て、ますます動きが鈍くなってきたわね、と史江は悲しくなった。来るたびに母親の老いが進んでいるのを痛感する。

そのとき、台所でやかんがピーと鳴った。

「あっ、お湯がわいたみたい。史江、お茶を飲んでいくでしょう？」

そのときだけ素早い動きを見せて、静子が台所に行った。

「お母さん、わたし、これから渚ちゃんを学童に迎えに行かないといけないの。お茶なんか飲んでられないわ」

「そうなの。ごめんなさいね。忙しいときに急に呼び出したりして。もう大丈夫だから。灯油も計算しながら使うから」

「じゃあね。注意事項、ちゃんと守ってね」

ああ、忙しい、忙しい、と口の中で呪文（じゅもん）のように繰り返しながら、ソファに置いてあった自分のバッグをつかむと、史江は玄関に急いだ。

いつものように車で学童保育所に渚を迎えに行き、美央の家に連れ帰る。今日は時間どおりに職場を出られたらしく、美央が思いのほか早く帰宅した。渚を母親に託して、祖母という立場の史江はまた車で自宅へと戻る。

さあ、夫と二人の食卓の用意だ、と意気込んだところに、その夫から電話がかかってきた。また今晩も飲み会があると言う。「年が明けて少ししたら、もういまの職場とも完全にお別れだから、何だか離れがたくてね。というより、みんなが俺を解放してくれない」などといい気になって言葉を紡ぐ。

――美央のところで一緒に夕飯食べて来ればよかったわ。

史江はがっくりして、居間のソファに座り込んだ。自分一人のために夕飯の用意をするのが億劫に思えた。といって、また車を走らせて娘の家へ行くのも面倒だ。

――あの人が定年退職したら、二人で温泉旅行に行けるのかしら。

達樹の言葉を思い出して、その姿を想像してみた。夫婦で旅行なんかして楽しいのかしら、と憂鬱な気分で想像している自分に気づいて、史江は大きなため息をついた。子育ても介護も妻任せでずっと仕事ひと筋できた夫に、夫の両親の介護を一手に担ってきた自分の苦労や孤独を理解してもらえるだろうか。姑の言葉に傷ついた妻の姿を知っているだろうか。

――定年退職後の生活に、あまり期待しないほうがいいかもしれない。

そう思ったら、疲労が二倍にも三倍にも膨らんで感じられた。足元のトートバッグをふとのぞくと、緑色の長財布が入っている。

「お母さんのだわ」

つぶやきが口から漏れ出た。自分の黄色い財布は、その下に入っている。

――どうして、お母さんのお財布がここに？

自分のバッグと娘のバッグの区別がつかなくなって、間違えて入れたのだろうか。それとも、これは……。史江の背筋に悪寒が生じた。

8

「紙に注意事項を書いて壁に貼ったのは、美央じゃない、史江本人なのに、あの子ったら自分で書いたことをすっかり忘れているみたいで。自分の字まで忘れちゃったのかしら。それに、わたしのお財布を間違えて自分のバッグに入れたりして」

「そうなのよ。お母さん、ここ最近、老眼鏡を頻繁に置き忘れたり、うちに忘れて帰ったり、何だか忘れっぽいな、とは思ってたけど、忘れっぽいな、ですませられるようなレベルじゃないよね、もう。おばあちゃんの場合は、年相応のもの忘れの症状とか、味覚の点でも単なる老化現象だとかで解釈できるけど、お母さんの場合は、明らかに料理の手順そのものがあやふやになっているというか。渚も『おばあちゃんが作ったお味噌汁、すっぱいから嫌い』って飲まなくなったのよ。煮物も塩分過多でしょっぱかったし。お塩の量が計れなくなっているのかもしれない。だけど、それをはっきりお母さんに言うと傷つけちゃうことになるから」

「そうだよな。いきなり東京に来たときも、どこにいるのか、何しに来たのか、頭が混乱してわからなくなったみたいだし。時間と空間を認識する能力が低下している気がしたよ。貴美代が帝王切開で出産する予定で、さらにその予定日を変更したのがよっぽどショックだったのか、いまになって『あなたを自然分娩で産んであげられなくてすまなかったと思ってるわ』なんて泣いてあやまったりしてさ。まったく、情緒不安定だよな」

「疲労が蓄積して、ストレスがたまっている。そういう感じは受けてたわ。気づかないふりをしていたわたしも悪いけど。お母さん、頼めば何でもやってくれて便利だったから。いま思えば、おじいちゃんとおばあちゃんの介護で相当疲れていたのかもしれない。さらには、実家のおじいちゃんの介護も重なったし。とくにおばあちゃんは、わたしや達樹にはやさしかったけど、陰で嫁いびりをしていたみたい。お母さん、ずっと黙って一人で耐えていたのね」

「いやあ、お父さんは全然知らなかったな。家のことは、全部お母さんに任せきりだったからね。もうじき定年で、社会とのつながりが完全に絶たれるのが何だか寂しくてね、それでこのところ会社にべったりだったんだよ。あまり家で食事をしなかったから、お母さんの変化にも気づいてやれなかった。それで、お母さんのそうした症状は……」

「若年性認知症じゃないかな。姉さんもそう思うだろう?」

「うん、わたしもそう思う。ネットで調べても、症状がことごとくあてはまるし。それから、頭部外傷後遺症って言葉も見つけたわ。お母さん、実家のおじいちゃんの介護に通っていたとき、自転車で転んで頭を打ったことがあったじゃない。あのときの怪我が原因で、記憶障害が起きている可能性もあるんじゃないかしら」

「あの子、まだ五十八歳じゃないの。それで認知症なんて。八十二歳のおばあちゃんのわたしより先になんて……考えたくないわ。本当にそうなのかしら」

「お父さんも信じられないな。というより、信じたくない。定年退職後は、家に二人でいる時間が長くなるんだ。どうしたらいい？　美央、達樹、教えてくれ」

「教えてくれって言われても……。とりあえず、お母さんを病院に連れて行って、医者に正確な診断をしてもらって、治療法を探さないと。どういうふうにお母さんを説得すればいいのか」

「お母さんに言うのは、娘のほうがいいんじゃないか。姉さんから話してみてよ」

「わたし？　わたしは嫌よ。達樹、男のあなたがしなさいよ。あなたはお母さんの信頼が厚いんだから。お母さん、あなたの言うことなら聞くわよ」

「嫌だよ。ぼくは言えないよ。やっぱり、こういうのは、お父さん、夫から言うべきだよ。夫婦の問題ととらえてさ」

「うーん、そうだな。できるだけ早く何とかしないと。お母さん、ほぼ毎日、車を運転しているしな。そういうときに、記憶があいまいになって、パニック状態になったりしたら……」

9

いつもの五差路にさしかかった。強い西日がフロントガラスに差し込んでくる。

史江は、眩(まぶ)しさに思わず目をつぶった。その瞬間、意識が飛んだ。

――わたしは、何をしているのだろう。どこから来て、どこへ行こうとしているのだろう。

頭の中が混沌(こんとん)としている。誰かの世話をしたあとで、誰かの世話をするところ。それだけはわかっている。「介護」の二文字が全身の皮膚に浸透しているからだ。自分の仕事は、自分以外の誰かの世話をすることだと脳味噌に刷(す)り込まれている。

――介護、多重介護、ダブルケア……。

そうだ、さっき実家の母親の世話をして来た。もの忘れがいっそうひどくなった腰痛持ちの八十二歳の一人暮らしの母親。そして、これから、孫娘を学童保育所に迎えに行かねばならない。

けれども、わたしの仕事はそれだけで終わらない。まだある。達樹のところにも子供が生まれるのだ。その子の面倒も見なければいけない。帝王切開で生まれてくるのだから、しっかりケアしなければ。丈夫に育てないと、また姑に嫌味を言われる。いや、それだけじゃない。まだまだある。脳梗塞で倒れた舅（しゅうと）に、認知症の姑に、脳出血で倒れた父親に……。

いまがいつなのか、昼なのか夜なのか、時間の感覚さえおぼつかなくなってきた。

後ろの車が鳴らしたクラクションで、史江はわれに返った。

とりあえず、目の前の道のいずれか一本に進まなくてはならない。自分を必要としている人間は複数いるのだから、一人ずつケアしていかないと。躊躇（ちゅうちょ）する暇はない。

史江は、思いきりアクセルを踏み込んだ。

第六話　糸を切る

1

夫伊東幹夫（以下、甲という）と、妻並木翔子（以下、乙という）とは、婚姻するにあたり、互いを生涯の伴侶として愛し、助け合うことを誓い、以下のとおり契約する。

＊

甲および乙は、それぞれのこれまで培ってきた生活、習慣、職業、文化等を尊重し、それぞれが今日までに築き上げた生活をこの婚姻によってさらに発展させるように、互いに協力することを約束する。

1　婚姻中における相手方に対する貞操義務の違反や、夫婦関係を破綻させる浮気などの行為は慎むこと。

2　子供に対する教育に責任を持って臨むこと。

3　子供の教育方針について、甲と乙で充分話し合う機会を持つこと。

4　家事は、原則として甲と乙が平等に分担し、各人の基本的生活に伴う家事は各人が行うこと。ただし、互いの職業の特性を尊重して、相互の生活をより快適にするように努めること。

5　甲と乙が婚姻時に有する財産およびそれぞれが婚姻後に得る収入は、固有財産とすること。

6　夫婦生活に要する生活費は、それぞれの収入に応じて公平に分担すること。

7　甲または乙がそれぞれの親族より譲り受けた財産は、それぞれの固有財産とすること。

8　甲および乙は、互いの親族との関係が良好となるように努力すること。

9　甲および乙は、原則として互いの親族とは同居しないこと。なお、同居の必要性が生じたときは、互いの意見を尊重して充分協議した上で同居の有無を決めることとする。

10　甲および乙は、原則としてそれぞれの責任および経済的負担において、それぞれの親族を援助することとする。

11　甲または乙は、職業などを遂行する必要等社会的に正当とされる理由があるときは、他方の意思に反して別居することができる。

12　別居期間中、甲または乙は、それぞれの責任および負担において、それぞれの生活を営むこととし、別居期間中の婚姻費用（生活費）分担等は互いの収入等に応じて充分協議して定めることとする。

13　甲または乙は、本契約に違反したときは、相手方に婚姻関係の解消を求めることができる。

（追加事項）

14　甲または乙は、子供が成人し、自立を果たしたのちに、充分協議した上で婚姻関係を解消できるものとする。

15　甲または乙は、婚姻関係解消後に互いがふたたび結婚することができるものとする。

2

早春の候　みなさまにおかれましては益々ご清祥のこととお慶び申し上げます。
このたび、伊東幹夫と伊東（旧姓並木）翔子は、離婚することになりました。
山あり谷ありの二十九年間の結婚生活でしたが、みなさまには大変お世話になり、心から感謝いたします。

つきましては、みなさまにご報告がてら、今後のご指導を賜りたく、下記の日程で離婚式を催したく存じます。ご多用中誠に恐縮ですが、ぜひご出席をお願いいたしたくご案内申し上げます。

なお、ご祝儀（終儀）等は遠慮申し上げます。しかしながら、結婚披露宴の際の旧郎旧婦からの引き出物を現在もまだお持ちの方は、持参されますとカタログギフトと交換させていただきます。

3

「ああ、もう、口で説明するのがもどかしい。とにかく、離婚式だってのに、翔子は白いレースのワンピースを着てたのよ。まるで純白の花嫁みたいにね。で、伊東君は普通のダークスーツでネクタイも普通にブルー」

衣装がどんなものだったか身振り手振りで説明すると、玲子はため息をついて毒づいた。「何で写真NGなのよ、まったくもう。写真があれば一目瞭然なのにね」

「離婚式の写真なんか撮影してほしくないでしょう?」

「だけど、ちゃんとカメラマンはいたのよ。それなのに、スマホでの撮影はご遠慮ください、なんてね」

「それは、まあ、いろいろ理由は考えられるけど」

「どんな理由?」

即座に突っ込まれて、治美は言葉に詰まった。理由など思いつかない。

「翔子は、雑誌に売るつもりなのよ」

そうした反応を予期していたように、玲子は身を乗り出して説明を続けた。「彼女って、ほら、昔から目立ちたがり屋だったし、いまやちょっとした主婦エッセイストでしょう? だから、自分たちの離婚式の模様をプロのカメラマンに撮ってもらって、いずれどこかの雑誌に載せるつもりなんじゃない?」

そうか、と治美は内心うなずいた。家事評論家という肩書きのついた伊東翔子のエッセイを、治美も婦人雑誌で何度か読んだことがある。その婦人雑誌が企画した「わが家の整理整頓」がテーマの作品募集に翔子が応募して、見事入選作となったのだった。その後翔子のきれいに整理整頓された自宅がカラーページで紹介されて、エッセイの連載を任されるに至っている。

「大体、ふつうの人間が離婚式なんて考える？　離婚式自体はいまに始まったことじゃないから珍しくないけど、こういう招待状をばらまくんだもの、マスコミが飛びつくわよ」

と、玲子は手にした招待状を振ってみせた。

その招待状は、治美にも送られてきていた。

離婚式を挙げたばかりの翔子と、現在夫と別居中の治美と、夫と死別した玲子は、高校時代の同級生だった。三人ともに文芸部に所属していた。岐阜県内の県立高校で、翔子と離婚式を挙げたばかりの伊東幹夫もまた彼女たちの同級生だった。

女性三人に男性一人。四人は高校卒業後に、そろって関東圏の大学に進学し、卒業後も東京を中心とした関東圏に住み続けていた。そこで結婚し、マイホームを持ったのも一緒だ。通った大学は全員違っていた。最初に治美が幹夫と再会し、交際を始めた。結婚まで考えた二人だが、予期せぬできごとがきっかけで別れ、結果的に、幹夫と結婚したのは翔子だった。だが、玲子は、治美が幹夫と交際していたことを知らない。

招待状が届いたとき、「ねえ、離婚式なんて興味そそられるよね。一緒に出席してみない？」と、当然のように玲子に誘われた。しかし、治美は「おめでたくない場で笑顔を保てる自信がないから」と断った。それでも、どんな式なのか、二人で何をするのか、見てみたい気持ちはあった。

「帰りにそっちに寄っていい？」

だから、玲子から電話があって、気持ちが弾んだのも事実だった。

離婚式では、会場のスクリーンに結婚式の写真から現在に至るまでの人生の節目の写真が映し出されたあと、招待客の前で離婚届にそれぞれ記入し、結婚指輪をハンマーで叩いて潰すなどのパフォーマンスが披露され、その後は立食形式の歓談の場が設けられたというが、その様子を玲子は興奮した口調で語った。

「見てよ、この部分」

興奮冷めやらぬ様子の玲子は、テーブルに広げた招待状をもう一度指差した。「ご祝儀を、わざわざカッコして終儀なんて書いているし、初々しい新郎新婦はくたびれた旧郎旧婦でしょう？　これでマスコミが注目しないはずないわよね」

「そうね。ちょっとやりすぎの感じはするけど」

かなり遊び心が入った文面ではある。

「その上、引き出物を持参すればカタログギフトと交換、だもの。こんな奇抜なアイディアははじめてじゃない？」

「ああ、まあ、そうね。それで、誰かあのお皿を持って行った人はいたの？」

幹夫と翔子の結婚披露宴での引き出物は、「伊東家・並木家」と裏に両家の名字が並び、「寿」の文字が冠された白地に青い蔦模様の入った大皿だった。

「わたしが見たかぎりはいなかったわね。自宅にあっても持って行くのは重いし、恥ずかしいんじゃない？」

玲子は肩をすくめて答えてから、「うちも割れなければ、カタログギフトと交換できたのにな」と、悔しそうな表情で言葉を継いで、「治美のところも割れちゃったんでしょう？」と、視線をこちらに当ててきた。

「ああ、うん、そうなのよ。結婚してすぐだったかな。テーブルにぶつけて、端っこが欠けちゃってね」

と、治美は答えたが、うそだった。白地に青い蔦模様の入った大皿は、寝室のウォークインクローゼットの奥に箱のましまわれている。

治美が夫の信道(のぶみち)と結婚したのは、幹夫と翔子の結婚から二年後だったが、そのときには翔子は第二子を身ごもっていて、治美の結婚披露宴には出席できなかった。

幹夫と翔子の結婚披露宴の引き出物の品は、結婚時に一人暮らしをしていたアパートから新居の賃貸マンションに運び、その後、ローンを組んで購入したマンションに運んだ。使うつもりのない皿である。皿の裏を見た夫に変に興味を示されるのも面倒だ。二人の息子たちの小中学校でのバザーに出そうかとも考えたが、名前入りの皿を出すわけにはいかない。

そんなわけで、ずっと捨てずに持ち続けているのである。が、そのことを玲子には黙っている。

「それで、旧郎旧婦の様子はどうだったの？」

気になるのは旧婦よりも旧郎のほうだったが、気取られないように治美は聞いた。

「旧婦は何だか楽しそうだったわね。はしゃいでいる感じで。だけど、旧郎――伊東君のほうはどちらかといえばつき合わされている感じだったかな」

「気が進まない様子だったって意味？」

「まあね」

「それで、どうして離婚式なんか挙げることにしたのかしら」

「離婚式を挙げることが離婚の条件だとしたら、仕方なく応じる場合もあるでしょう？」

「離婚の理由には触れたの？」

それが、治美のもっとも知りたいことだった。

「それが理由には触れなかったのよ。発表するかと期待して出席したのにね」

玲子は小さく笑って、「でも、まあ、どちらかの不倫が原因だったら、はっきり言うはずないけどね」と続けた。

「長年一緒に生活しているうちに、いまさらながらに価値観のずれに気づいたとか、そういう理由じゃないのかしら」

そうであってほしい、という願いもこめて言った。

「さあ、どうかな。直接伊東君にも聞いてみたんだけど、『まあ、いろいろですよ』なんてはぐらかされたわ」

「伊東君と話したの？」

「うん、話したよ。治美のことも言っておいた。『彼女、いま別居してます』ってね」

「別居だなんて……」

「妻は東京、夫は新潟。別々に暮らしているんだもの、別居には違いないでしょう？」

「伊東君は何て？」

「ちょっと驚いていた感じだったかな」

「そう」

それ以上、突っ込んで聞くのはためらわれた。治美は、久しぶりに伊東幹夫の近況を聞いて、胸を高鳴らせている自分に気づいた。

「子供たちは出席していたの？」

伊東家には子供が二人いたはずだった。

「子供たちの姿はなかったわね。二人とも家を出て、それぞれ家庭を持っているみたいだから、さすがに、両親の離婚式に出る気にはなれなかったんでしょうね。長男には小さな子供もいるそうだから、翔子はもうおばあちゃんってことだし」

玲子は、苦笑してみせた。「孫までいる両親がいまさら何で離婚式なんて世間を賑わせるようなことをするんだ、って怒る子供もいるわよね」

「そうね。世の中にはそういう変わった夫婦もいるのね」

治美は、内容のないそんな言葉で受けるしかなかった。

「そうよ。いまは、いろんな形の夫婦が、いろんな形の結婚があるのよ」

しかし、玲子のほうは、何だか達観したような表情で治美の言葉を引き取ると、

「うちの娘もそうね」と続けた。

「奈美ちゃんも？」

玲子には一人娘の奈美がいる。七年前、奈美がまだ高校生のときに玲子の夫は病気で他界した。発見されたときは末期のがんで、わずか四か月の闘病の末の死だった。

「奈美、結婚するのよ」

「えっ？　それはおめでとう」

「ありがとう。ようやく肩の荷が下りたというか、すべてから解放された気分ね」

「玲子もいろいろ大変だったものね」

夫の生命保険金で住宅ローンは完済できたものの、一人娘の大学進学の費用などの工面に苦労した姿を治美は見てきた。夫の病気を巡って夫の親族との関係もぎくしゃくし、愚痴を聞くだけで彼女の心が軽くなるなら、と聞き役に回ったものだった。

「結婚相手は大学時代のサークル仲間だけど、いまの時代は、わたしたちのころとは

違うのね。二人とも対等に働くのが普通だって意識があるから、結婚に対しても何でも平等にしたいらしいの。結婚してからもめるのが嫌だから、結婚する前にいろいろ取り決めておくんですって」

「取り決めって、何かルールでも作るの？」

「婚姻契約書のようなものを作るみたい」

「婚姻契約書？　玲子、見せてもらったの？」

「ううん、まだ。改善点があるみたいだから、そういうのを直して完璧な形にしてから、人前結婚式を挙げて、そのときに出席者に公開するとか」

「具体的にどんな取り決めをするの？」

「契約書の書式にのっとって、夫を甲として妻を乙として、『甲および乙は、婚姻にあたり互いに協力することを約束する』とか、そんな文章から始めて、浮気を慎むこととか子供の教育方針については二人で充分話し合うこととか、細かな約束事項をいくつも盛り込むんですって。家事の分担とか生活費の負担についても、あとでもめないように、平等に、公平にすることをあらかじめ決めておくのね」

「へーえ、そういうのを口約束じゃなくて、文書で証拠として残しておくのね」

「そうよ、契約書だもの」

「奈美ちゃん、優秀な子だものね」

国立大学の経済学部を卒業後、一流銀行に就職した奈美である。

「母親のわたしを見て、配偶者の実家とのつき合い方を学んだんでしょうね。将来、互いの親族とは絶対に同居しないこと。そういう項目を作っておくとも言ってたわ」

玲子は得意げに言って、「すごいでしょう？　わが娘ながら感心するわ」と続けて微笑んだ。

4

――互いの親族とは絶対に同居しないこと。

わたしも結婚するときに、そういう約束を取り決めておけばよかった……。玲子から婚姻契約書の話を聞かされた治美は、一人になってそう思い、深いため息をついた。

夫の信道の実家は千葉県内にあり、彼は次男で兄と姉がいたので、結婚するときには何となく〈将来、彼の両親の世話はしなくてもいいのかな〉と思っていた。実際、彼の両親は、結婚した長男の家族と同居していたので、そういう生活が永遠に続いてくれるものと思い込んでいたのだった。

ところが、八年前、「折り合いが悪くなったから」と言って、夫の母親が都内の治美たちの家にころがりこんできた。事前の話し合いも何もあったものではなかった。ある日、買い物から帰ったら、家に義母がいたのだった。その前年に義父が亡くなってから、信道の兄の家族と同居していた義母と兄嫁との仲がうまくいかなくなったらしい。

当時、治美の家には高校生の次男だけがいて、新潟の大学に行った長男の部屋が空いていることは空いていた。だが、電話で義母のことを知らせると、「休みには帰省するんだから、俺の部屋は空けといてよ」とつっけんどんに言われ、長男の部屋を義母のために明け渡すことはできなかった。

限りなく埼玉県寄りの練馬区内の自宅マンションは４ＬＤＫで、六畳の和室を仕方なく義母の部屋とし、置いてあった私物は急いで処分したり、夫婦の寝室に運んだりして片づけた。義母は、ほとんど飛び出して来たような状態だったので、衣類も身のまわりのものもすべて治美のほうで調達した形になった。時間もかかれば、お金も神経も使った。

治美は、次男が中学校に入ったときに、週に三度、自宅の近くの雑貨店でパートの仕事を始めた。ところが、義母と同居を始めてから、高齢者の生活サイクルに合わせなくてはならなくなり、帰宅が五時半を過ぎただけで、「ねえ、ご飯はまだ？　年寄りは寝るのが早いから夕飯も六時には食べたいのよ」と、玄関で待ちかまえられていて急かされた。高齢者とはいえ、どこも悪くなく、夕飯の用意をしようと思えばできる年齢だ。どうやら、千葉の長男の家で同居していたときも台所の手伝いは少しもしていなかったらしい。それも嫁姑の関係がうまくいかなくなった要因の一つだろうと察したが、早く帰ればいいのだろう、と治美も最初は努力していた。「年寄りはね、油ものを控えないと。育ち盛りの子とは違うの」と言う義母用に、あっさりした献立を考えるのも面倒なものだった。

急いで仕事先から帰り、義母のために早めに夕飯のしたくをして食べさせ、そのあと帰宅する夫と塾から戻る次男のための夕飯をふたたび準備するのに疲れ始めたころ、義母が脳梗塞で倒れた。

病状自体は軽いものだったが、高齢ゆえに二か月入院したあとのリハビリが大変だった。リハビリに通うのに付き添うのも治美の役目で、パート勤めは完全に辞めざるをえなくなった。次男の大学受験と重なり、治美の疲労はピークに達した。

免疫力が落ちていたのだろう、家の中で治美だけがインフルエンザに感染してしまった。「こんな大事なときに」と夫になじられ、「おふくろにはうつさないでくれよ。年寄りは感染したら一気に弱るからな。いいな」と念を押された。受験を控えていた次男が「ぼくは大丈夫だよ」と、隔離された寝室にレトルトパックのものとはいえ温かいお粥(かゆ)を運んでくれたのが唯一の救いだった。

高熱と関節痛で苦しがっていたときに、いたわりの言葉一つなく、「こんな大事なときに」「おふくろにはうつさないでくれよ」と夫に言われたことは、忘れたくとも忘れられない。義母の死後に一度だけ「あのとき、わたし、けっこう傷ついたのよ」と、悔(くや)しい思いを口にしたことがあったが、「そんなこと言ったかな」と、ころりと忘れた様子の夫にも腹が立った。

——昔に戻って結婚するとしたら、わたしはどんな契約事項を盛り込むだろう。

そんな無意味で無駄な想像をしていたころ、思いがけない人物から電話がかかってきたのだった。

5

「いきなり電話して悪かったね」

　待ち合わせ場所の池袋のホテルのティーラウンジに行くと、伊東幹夫は先に来ていた。奥まったテーブル席に座り、傍らにきちんとたたんだコートを置いている。

「忙しかったんじゃないの？」

　幹夫は、自分が呼び出した形の治美を気遣った。

「いいのよ。いまは家で一人だし」

　幹夫の前に座った途端、彼の後ろの壁が鏡張りであるのに気づき、治美は少し落ち着かない気分になった。高校の学年全体の同窓会にも出たことがなかったから、彼と向き合うのは彼の結婚式以来である。三十年近いブランクがある。鏡に映った自分を見て、その過ぎ去った残酷な歳月を意識させられるのが嫌だった。

「いま、ご主人と……」

　言いかけたとき注文を取りに来て、幹夫は言葉を切った。

治美があわてて メニューに目を移すと、「ここ、アッサムティーがおいしいよ。ぼくもそれを頼んだんだけど。ああ、でも、別にそれじゃなくても、君の好きなのでいいよ。ダージリンでも何でも。で、小腹がすいていたら、何か頼んだら？　ケーキでもクッキーでも、サンドイッチでも」と、幹夫が助け舟を出すように言った。彼の前には、ポットに入った紅茶とティーカップのセットが置かれている。

「じゃあ、わたしはダージリンを」

そう注文して、変わってないわね、と心の中でつぶやきながら、治美は幹夫の顔を見つめた。学生時代二人が交際した期間は九か月と短かったが、そのあいだ喫茶店やレストランに入るたびに、彼は治美にゆっくりとメニューを選ばせてくれた。そこが夫の信道との決定的な違いだった。

「お腹はすいてない？」

「朝食が遅かったから大丈夫」

答えてから、午後一時という中途半端な時間を指定したから空腹状態を気にしているのだろう、と治美は解釈した。幹夫は、気遣いのできるやさしい性格の男だった。

「このあいだ、来てくれると思ってたのに」

　と、幹夫は、治美が予想していたのと違う話題を切り出した。

「ああ、うん、都合が悪くて……というか、何だか気まずくて。ほら、離婚式なんてはじめてだから、どういう顔して出席したらいいのかわからなくてね」

　もう正直に答えてもいいだろう。

「そうだよな。それが普通の感覚だよな」

　幹夫は笑った。

「他人事（ひとごと）みたい。離婚式挙げたの、伊東君でしょう？」

　昔の呼び方がさらりと口から出て、治美はわれながら驚いた。

「そうなんだけど」

「どうして別れたの？　どっちから言い出したの？」

　当然、離婚の理由を話してくれるだろうと思っていた。それを聞くために来たのだ。

「それはちょっと……」

　しかし、幹夫は言葉を濁（にご）らせる。「離婚の理由には触れない。そういう約束を彼女としたんでね」

「じゃあ、わたしを呼び出したのはどうして？」

「君がご主人と別居していると聞いたからさ。本当なの?」

「ええ、そうよ。形としてはね」

「形としては?」と、幹夫は眉をひそめる。

治美は、運ばれてきたダージリンティーを、ちょっと早いかなとは思ったが、ポットからカップに注いでひと口飲んだ。胃を暖めて唇を湿らせてからでないと、こみいった話は始められない。

「いま主人は新潟にいるの。長男が大学時代新潟に住んでいたせいで、何度か新潟には夫婦で通ったの。わたしが一人で行ったり、主人が一人で行ったりしたこともあったけど。ああ、長男は、いまは就職して名古屋の会社にいるわ。次男も大学を出たあと就職して、しばらくは自宅から通勤してたけど、福岡に転勤になってあちらの社宅にいる。だから、わたしは自宅に一人で気楽なの。……あら、話がそれたわね。で、主人のことだけど、何度か新潟に通っているうちに、定年後はここを終の棲家にしたい、と思う理想の物件を見つけたみたいでね。前々から老後は田舎に住んでゆっくり畑仕事をしたい、私塾を作って近所の子供たちに数学を教えたい、なんて夢を語っていたから」

「それで、ご主人はそこに住み着いてしまったの?」

幹夫の目が見開かれた。

「ええ。まだ定年前だったのに、体力を考えたら待ちきれなかったんでしょうね。主人は高校教師だったから、定年前でもまとまった退職金をもらえたのよ。それを資金に目をつけていた物件を借りて畑を借りて、移住してしまったの。同居していた主人の母が亡くなって一年後だったわ」

「君は？　ご主人についていては行かなかったの？」

「ええ。結婚生活ではじめての抵抗だった」

自嘲ぎみに答えて、治美は肩をすくめた。「主人はね、何でも家族に相談なく自分で決めてしまう人なの。昔からそうだった。家族で行く旅行先も、みんなで使う電化製品も、乗る車も、ファミレスに入って注文する料理でさえも。わたしたちが迷っていると、『早くしろよ。一緒でいいだろう。じゃあ、これ、和風ハンバーグな』ってね。つねに決定権は、家長の主人にあった。一番こたえたのが、妻のわたしにひと言の相談もなく、お義母さんを引き取ったことね。苦労したわ。息子たちも中学生くらいまでは父親の言うことに素直に従っていたけど、高校生になると父親よりずっと体格がよくなって、自己主張もするようになるでしょう？　大学くらいは自分で決めさせてくれと言って、二人とも自分で選んだ大学に見事に合格して、その先の就職先も自分で決めて、息苦しい家から旅立って行ったわ」

「ご主人、新潟に来るように言わない?」

「定期的に『もう心は決まったか?』って聞いてくるわね。電話で聞いたり、突然、帰って来て聞いたり。東京と新潟。離れて住んでいたら生活費もかかって不経済だ、って。練馬のマンションを売って、そのお金でいまよりもっといい物件を購入して、改装費用にあてたいらしいの」

「だけど、君は……嫌なんだろう? 新潟のその家には住みたくないんだろう?」

顎(あご)を引いて、幹夫は探りを入れてくる。

「ええ、住みたくなんかない。まっぴらごめん」

と、治美はきっぱりと答えて、感情的な理由だけではないと示す意味で、こう言葉を補(おぎな)った。「東京を離れて新潟なんか行ったら、郷里からもっと遠く離れることになる。主人はいいわよ。もう両親が他界しているんだから。だけど、わたしのほうはまだ健在で岐阜にいる。とはいえ高齢でいつどうなってもおかしくない。少しでも近い場所にいたいのよ。息子たちにも帰る場所を残しておいてやりたいし」

「その気持ちはわかるよ。ぼくたち同郷だしね」

そう受けて小さく微笑んでから、「いま、幸せ？」と、幹夫はさらに深い領域に踏み込んできた。

幸せなのだろうか、と唐突な質問にうろたえながらも、治美は自問してみた。一人で気楽ではあるが、幸せではない、という結論がすぐに出た。

「ご主人を愛してる？」

質問に答えずにいると、幹夫は究極の質問を向けてきた。

答えるかわりに、治美は生唾を呑み込んだ。

「君が幸せでないのだったら、ご主人を愛していないのであれば」

幹夫はそこで言葉を切り、深呼吸をしてから、ゆっくりと次の言葉を送り出した。

「ご主人と離婚して、ぼくと結婚してほしい」

6

「離婚しようと思うの」

ソファに座るなり、すぐに切り出されて、治美は面食らった。「近くまで出て来たから寄ってもいい？」と電話がかかってきて、五分後にはエントランスのインターフォンを押していた玲子だった。義母の死後、治美はパート勤めを再開していたが、勤めのない曜日を玲子は把握している。一人暮らしの友の家には気軽に立ち寄れるらしい。

「離婚って……だって、もうご主人は亡くなっているじゃない」

「ええ、そうよ」

と、玲子はいたずらっぽく微笑んだ。「だけど、離婚できるのよ。死後離婚ってやつね」

「死後離婚？」

耳慣れない言葉に眉をひそめた治美に、「姻族関係終了届、っていうのがあってね。いま流行っているのよ」と受けて、玲子はよどみなく説明を続けた。「民法では、結婚によって配偶者の親族と姻族関係になる、そう規定されている。そして、離婚によってその関係は絶たれる。だけど、配偶者が死亡した場合も、遺された夫なり妻が婚姻関係を終了させる意思を示せば、親族との姻族関係を絶つことができるのよ。現実には、届け出を提出する大半が妻側みたいだけどね。夫の死後もあちらの親戚縁者に嫁扱いされたくない。それが本音。わたしもそうよ」

「なるほど、そうか」

夫の死後に夫の親族と離婚する。そう考えれば納得できる。治美は、ひどく共感した。

「主人の七回忌も終わったことだし、娘の結婚も決まって理解も得られたことだし、すっきりと身辺を整理したくてね。肩に載っていた荷物を全部下ろしたかったのかもしれない」

「思いきった決断だけど、応援するわ」

と、治美は力強い口調で言った。

玲子の夫が末期の膵臓がんだとわかったとき、夫の両親をはじめとした親族は、「どうして早期発見できなかったのか？」とか、「そばにいる妻がなぜ身体の不調に気づいてやれなかったの？」とか、「食生活が悪かったんじゃないの？」「栄養が偏っていたんじゃないの？」などと言って玲子を責めた。玲子は、それらの言葉にひどく傷つきはしたが、そのときは夫の看病に専念して、夫亡きあともきちんと法要をすませることだけを念頭に過ごしてきたのだという。そして、ようやくひと区切りついたのだろう。

「姓はどうするの？　旧姓に戻すの？」

「それはどちらでもいいのよ。復氏届（ふくうじとどけ）は出しても出さなくても」

「玲子の場合は？」

「わたしは、いまのままで。主人のことは愛していたしね。名字がそのままで、夫の親族とは縁が切れるって、何だか小気味よくない？」

「うん、小気味いい」

　二人はそう言い合って、笑い合った。治美は笑いながら、友達に背中を押されたような気分になっていた。玲子が決断したのだから、わたしも……。そう勇気を奮い立たせた瞬間、「そっちはどうなの？」と、玲子が聞いてきた。

　一瞬、先日会った幹夫のことだろうか、と頭が混乱したが、彼女が幹夫と会ったことを知っているはずがない。

「ご主人との別居生活はどうするの？」

「あ……ああ、それね。新潟に行くつもりはないわ。つまり、一緒に田舎暮らしをするつもりはないって意味だけど」

「いまのままでいいんじゃない？」

「えっ？」

「無理して生活を変えようとしなくても」

玲子は、背中がひんやりするような不敵な笑みを浮かべて、こう続けた。「『卒婚』ってていう新しい結婚生活の形、新しい夫婦の形があるのよ。それも最近流行り出したんだけどね」

「卒婚？」

これも耳慣れない言葉だ。

「あえて離婚はせずに、結婚を卒業し、大人の関係を築く。男女の役割にとらわれずに、互いに干渉せず、自由を認め合う、無理をしない、心にゆとりある生活。そういうのを卒婚って呼ぶみたいだけど。治美たちもそういう夫婦をめざせばいいじゃない」

「だけど……」

幹夫から夫との離婚を前提にしたプロポーズをされた、と言うわけにはいかず、治美は口ごもった。

「だって、いまさら大変よ。離婚なんてすごくエネルギーいるもの。それに、ご主人はひとりよがりなところはあるかもしれないけど、聞く耳を持たないわけでもない。早めの退職だったかもしれないけど、退職金もほぼ満額もらえたし、それまでがんばって働いてくれたじゃない。年金も保障されている。当分、いまのままでいいんじゃないの？」

「そうね」

とは受けたが、嫌だ、と心の中では叫んでいた。かつて愛し、不本意な形で別れ、夫と結婚してからも心の片隅で想い続けてきたその相手が離婚し、変則的なプロポーズをしてくれたのである。

こんなチャンスを逃したくはない。

7

新幹線から越後線に乗り継いで、最寄り駅で降りてタクシーに乗る。新潟と聞けば豪雪地帯をイメージするが、夫の信道が終の棲家に選んだ地は、新潟の中でも雪があまり降らない地域だという。雪かきが苦手でそういう地を選んだ、と夫が言っていたのを治美は思い出す。

夫が借りた家と畑は、新潟市内の西のはずれにあった。新幹線からの交通の便は比較的よい場所だ。それだけに家賃も地代も予想以上に高かった。

「もっと中心からはずれたところに、思いきって土地付きの中古住宅を買いたい」

信道が電話でそう言ってきたのは、ひと月前だった。練馬のマンションを売ってその資金にあてたいのだという。

信道の家の前でタクシーを降りると、畑は白いもので覆われている。屋根にも雪が十センチほど積もっている。雪があまり降らない地域とはいえ、降るときは降るのだろう。

門扉などはなく、薪ストーブのある平屋の家は敷地内に奥まって建っている。畑を横目で見ながら建物に向かう形になるが、パンプスの靴底を気にしながら歩き出すと、背後に人の気配がした。夫かと思って振り返ると、違った。信道と同世代の六十代くらいの男性だが、小柄で毛糸帽をかぶっている。

「こんにちは」

二度ほど会ったことのある顔だったので挨拶すると、

「あ……ああ、どうも」

男はぺこりと頭を下げると、そそくさと立ち去った。

――確か、近所の方だったと思うけど……。

最初にここを訪れたときに、夫と一緒に挨拶に行った憶えがあった。

「ねえ、さっき、そこで会った人、中村さんだったかしら。急いでいる感じだったけど」

家に上がって、ストーブに薪をくべていた信道に言うと、

「ああ、たぶんそうだろう」

と、信道は上の空といったそぶりで答える。

「お茶にしない？」

治美は、柔らかく声をかけた。東京みやげのクッキーを持参した。お茶を飲みながらどう切り出せばいいのか、まだ心は決まっていなかったが、その話に流れをもっていくしかない。

「それで、どう？　もっと中心からはずれた場所で、いい物件が見つかったの？」

とりあえず、夫の近況の話題から始めた。家を購入して、それを機に念願だった学

習塾を始めたいと言っていたのである。

「ああ、それはやめた」

信道は、お茶の用意ができたテーブルに着くなり、首を左右に振った。

「やめた？　じゃあ、練馬の家は売らなくていいのね」

「ああ」

「じゃあ、ここで学習塾を始めるの？」

「それもやめた」

「学習塾はやらないのね。それじゃ、このままここで……」

「やめた」

信道は、両手でテーブルを叩くと、「やめた、やめた。ここは撤収」と、投げ出すように言った。

治美は、声を失った。撤収とは、ここを引き揚げるという意味なのか。

「諦めたよ。いろいろ見て回って、市場調査したんだけどね。どこもだめだ。予算的にも合わなければ、生徒も集まりそうにない」

「どういう調査をしたの？」

「まあ、いろいろさ」

「この一か月のあいだに、土地の人と何かあったんじゃないの？」

表で会った中村のことが気になった。あのそっけない態度は、最近夫とのあいだに何かしらの近隣トラブルがあって、その妻と顔を合わせるのが気まずかったからではないのか。

「ああ、まあ、それもある。どうもあの男とはそりが合わない」

「あなたの性格のせいもあるんじゃない？」

何でも独断で決めてしまう、即決してしまう性格、と具体的に言うのは控えた。

「それは、どうかな。そうかもしれないし、違うかもしれない。が、とにかくやめた。撤退だ」

「妻のわたしが来て、夫婦一緒ならどうにかなる。そういう問題でもないのね？」

ある方向へ導くための大事な質問だった。

「まあな、最初からおまえが一緒だったら、少しは近所づき合いが和（なご）やかなものになったかもしれんが、いずれにせよ同じだろう。遅かれ早かれ、こうなったよ」

「そう」

単身での移住を決めたときも早かったが、退去する決断をするのも早い。それが夫の性格なのだろう。治美は、やれやれと思いながらうなずいた。夫は、かなり前から地域に溶け込めない雰囲気を醸(かも)し出していたのかもしれない。

「で、ここを片づけて、東京に戻る」

「戻ってどうするの？」

「どうするって……」

信道は、一瞬、拍子抜けしたような表情になった。「また以前の生活に戻るだけじゃないか。埼玉寄りの東京でさ。子供たちはいないから、おまえと二人で」

「そう」

あの話を切り出すのはまだ早い、いまはやめておこう、と治美は自分の胸に言い聞かせた。

8

雑誌で見たことのあるリビングルームは、モデルルームのようにきれいに片づいていた。余計なものが置かれておらず、本や雑誌の類いも造りつけの棚に隙間なくびっしりではなく、斜めにおしゃれに差し入れられている。お気に入りの本を厳選して飾っているのだろう。

「どうぞ」

客用のコーヒーカップをテーブルに置くと、翔子は治美の前に座った。自分の分のコーヒーはない。飲みたい気分ではないのだろう。ものの少ない整然とした部屋に見合うように、年を重ねたとはいえ、翔子自身も体型だけはスリムなまま維持している。

治美がコーヒーをひと口飲んだのが合図になったかのように、

「離婚式に来てくれなかったから、何だか会いたくなって」

と、翔子が自宅に呼びつけた理由を切り出した。

「ありがとう。わたしも一度、翔子の家を見てみたかったの。有名な家事評論家で、有名なエッセイストの家をね」

ふんだんに嫌味を含ませて言う。

「治美、ご主人と別居しているんですって？」

そう問う相手の声にも棘が含まれている。

「ええ、夫はいま新潟にいるの」

近々撤収予定だが、それは言わずにおく。

「玲子から聞いたけど、いま流行りの卒婚？」

「さあ、どうかしら」

はぐらかして答える。翔子が自分を自宅に呼ぶ前に、玲子と連絡をとったであろうことは想像がついていた。治美もまた、翔子から「うちに来て」と連絡があったことを幹夫に知らせている。

「卒婚もいいものよね。固定概念にとらわれずに、自由で新しい夫婦の形で」

「そんなにいいものなら、翔子たちもそうすればよかったのに。離婚なんかしなくても」

と、治美は切り返した。皮肉に聞こえようがもうかまわない。

「子供が成人して、自立を果たしたら、話し合って離婚する。それが結婚するときの契約事項だったから」

翔子は、さらりと口にした。治美も別に驚きはしない。「婚姻契約書」は、事前に幹夫から見せてもらっている。

「でもね、もう一つ項目があるの。離婚後、ふたたび結婚することができるものとする。そういう項目がね」

翔子の目つきがきつくなった。

「それで、伊東君はまた翔子と結婚することに同意したの？」

「同意しなかった。だから、治美、あなたを呼んだんじゃないの。わかってるくせに」

翔子の声が裏返った。「幹夫さんと会ったんでしょう？　それで、彼の心が変わった。わたしとの約束を反故（ほご）にした。そうでしょう？」

「それはどうかしら。わたしと会う前に、すでに伊東君の心が変わっていたんじゃないかな」

治美がそう言い返すと、翔子の顔色が変わった。しばらく肩を上下させていたが、ふっと顎を上げて、「不倫じゃないの」と吐き捨てるように言った。「いま幹夫さんと深い関係になったら、不倫になる。ご主人が知ったら、どう思うかしら」

「離婚届にわたしの署名はしてあるわ」

と、治美は言った。「あとは、夫が書いてくれたらいつでも提出できる」

──気持ちの上では、ずっと妻を裏切っていた。やっぱり、ぼくは君と結婚すべきだった。

先日、幹夫からそう告白されて、治美は決心が固まったのだった。昔、幹夫と交際を始めて、互いの価値観が一致することを確認し合い、〈この人とは赤い糸で結ばれている〉と確信したころ、岐阜の実家で治美の祖母が倒れたと連絡が入った。急いで帰省したあいだの予想外のできごとだった。高校時代から幹夫に惹かれていた翔子が、意図的に彼に接近した。食事に誘い出して酒に酔ったふりをして、介抱のためにアパートまで送り届けてくれた幹夫に抱きついたのだ。若さゆえに色香に勝てずに、幹夫は翔子の誘惑に乗ってしまった。治美とはまだ清らかな関係のままだったときだ。「責任をとらねば」と、幹夫は思ったという。肉体関係が生じた以上は責任をとる。当時はまだそういう考えが男性側にあり、その種の貞操観念や義務感を重く受け止めた最後の世代だったと言えるかもしれない。

祖母の葬儀を終えて上京した治美を待っていたのは、幹夫からの別れの言葉だった。

──翔子が何か画策したのでは……。

二人が結婚するとわかったとき、治美の脳裏に疑念が浮かばないことはなかったが、高校時代から才色兼備と評判で、実家が格式の高い旧家でもあったことから、すべての面で翔子にはかなわないと諦めていた。幹夫は、より魅力的な翔子に惹かれ、彼女を選んだのだ、と治美は思い込もうとした。

未練を断ち切る意味でも、高校時代の友人として招待された二人の結婚式には玲子と二人で出席したのだった。

「ご主人が離婚に応じなかったら?」

そうあってほしい、という翔子の気持ちがたっぷり伝わってきた。

「説得するしかないわ。好きな人ができた、と正直に言うつもり。わたしたち、形の上では三年間別居しているんですもの、家裁の調停に持ち込まれても自信はあるわ。息子たちも自立しているし、そこは翔子の家と同じね」

「そんな勝手なまねはさせない」

挑戦的にそう言う翔子の唇が震えている。

「伊東君、言ってたわ。『もう彼女の野心にはつき合えない』ってね。翔子は、マスコミに名前を売ってもっと有名になりたいんでしょう? ただのエッセイストで終わるつもりはなくて、もっと注目されたいんでしょう? 高校時代の将来の夢は、小説家になることだったよね。小説家として売り出していきたい。そういう野望が翔子にはあるんでしょう？　プロのカメラマンを頼んで離婚式を挙げたのも、小説家として売り出すステップとして話題を作りたかったから。そして、離婚したあともう一度同じ人と結婚したら、より話題性が高まる。そう計算したからでしょう？」

「それは……」

翔子はあいまいに首を振って、弱々しい声で続けた。「結果的にはそうなったけど、最初は違ったのよ。わたしの家はわたしと妹の女だけだったから、結婚によって姓が変わるのが嫌だった。親にも反対された。幹夫さんと結婚するときに、どちらが改姓するかでもめたわ。彼はやさしい人だったけど、やっぱり、古い部分もあって自分の姓にはこだわった。それで、解決策としてああいう契約書を作ったのよ。いつになるかわからないけど、結婚後、何十年もして子供が大きくなって独立したら、一度紙の上で離婚して、次の結婚時には幹夫さんに並木姓を名乗ってもらう、ってね。そしたら、すべてにおいて平等になるでしょう？　結局、妹が養子をとる形になって姓の問題は解決したけど、あの婚姻契約書は生きている。それを違う形で利用できないか。そう考えただけよ」

「離婚したあと、同じ相手と結婚して、今度は夫に自分の旧姓を名乗ってもらう。確かに、話題にはなるわね。夫婦別姓の議論にも一石を投じることにつながる。伊東翔子……並木翔子は、進歩的で斬新な考えの持ち主として、二人は新しい形の夫婦として、世間の注目を集める」

「約束は守ってもらう。契約には従ってもらう。あの婚姻契約書を離婚式の写真と一緒に発表するわ」

翔子が低い声を絞り出した。

「わたしも見せてもらったけど、あの契約書には不備がある。『甲または乙は、婚姻関係解消後に、甲が乙と、乙が甲と、ふたたび結婚することができるものとする』、そう書くべきだったわね」

治美は、静かに言い返した。「だけど、翔子は根本的に間違っている。いくら完璧な契約書を作ろうとも、どちらかの心が変わればおしまい。甲か乙の心がね」

治美の本格的な「離活(りかつ)」は、これから始まる。

第七話　お片づけ

1

十月一日（日）

きりのいい今日から日記を書き始めることにした。今年で八十八歳になったことだし、もう日記は書かない、お片づけの人生だから、と言っていたのになぜ？　と理央（りお）には驚かれるかもしれないが、一度きりのわたしの人生だもの、誰に何と言われようとかまわない。きっかけとなったのは、先月歯科医師会から届いた手紙。八十歳以上で自分の歯が二十本以上残っている人を表彰してくれるという。かかりつけの歯科医院の先生がわたしを推薦（すいせん）してくれたらしい。子供のころから勉強も運動もからきしだめで、褒（ほ）められた記憶はない。それなのに、歯が残っているだけで表彰してもらえるなんて。あの手紙がわたしに勇気を与えてくれたのは間違いない。

十月二日（月）

この五年日記は、理央からの誕生プレゼント。引き出しにしまったままだったのを取り出して、昨日から書き始めた。「これから五年生きられるかどうかわからないから」と受け取りをためらったわたしに、「おばあちゃんが死んだら、あとはわたしが引き継ぐから」と言ってくれた理央。祖母から孫娘へ。日記をバトンタッチするのもおもしろいかもしれない。五年続くことを願って書く。とはいえ、書くことはあまりない。何しろ「お片づけの人生」と決めたときから、いろいろ処分してきたのだから。いままでつけていた家計簿もみんな捨ててしまった。死んだあとも日記が残る可能性を想像すると、迂闊なことは書けない。

十月三日（火）
お父さんが亡くなって三年。そのあいだ理央にも手伝ってもらって、本や衣類など不要なものをだいぶ処分した。今年に入って、自分のものも少しずつ処分してきた。いつお迎えがくるかわからない。自分の死後、子供や孫に負担をかけないようにと考えてのことだが、どうしても捨てられないものもある。人生のお片づけ。いい言葉ではないか。

十月四日（水）

通院日。整形外科と内科を回って、ひどく疲れた。やっぱり、自分の年齢を痛感してしまう。

十月六日（金）

昨日の日記、つけ忘れた。早くも三日坊主の兆候だろうか。最近簡単な漢字を忘れるから、辞書を片手に書くのもボケ防止にはいいかと思う。人生のお片づけ。心の中に置き忘れた大きなお荷物。

十月七日（土）

「よい歯の表彰式」が市民ホールで開かれた。仕事が休みの理央が付き添ってくれた。八十歳を過ぎて歯が二十本もある人なんてそんなにいないだろうと思っていたら、あにはからんや、二十一人もいてびっくりした。歯科医師会の先生が挨拶（あいさつ）の中で、「歯は健康の源です。丈夫な歯を保っていることを誇りに思って、これからも大切にして長生きしてください」とおっしゃった。式典では、「相田さん」という八十二歳の女性が代表で表彰状を受け取った。名簿の最初だからだろう。でも、一人ずつ名前を呼んでくれたので、わたしも「菅野俊枝さん」と呼んでもらえた。何だか興奮して顔がほてってしまった。

十月八日（日）
昨日の興奮の余韻をまだ引きずっている。お祭りのあとのような気分だ。記念品はルーペだった。表彰状ももらったので、仏壇のお父さんに報告したあと、早速、壁に飾った。朝から飽きるほど眺めている。

十月九日（月）
体育の日だという。理央が遊びに来てくれた。「おばあちゃんも足腰鍛えて」と言われて、二人でテレビを観ながら軽い体操をした。わたしから見ると理央は眩しいほど若い。それなのに、「もう二十六だよ。おばさんだよ。どうしよう」なんて嘆いている。そんなあの子もまた可愛い。あんなにいい子なのに彼氏はいないのかしら。

十月十日（火）
ついに行動に移すことにした。あの女性弁護士さんがまたテレビに出ていた。興味深い話を耳に入れたのは、この夏のことだった。人生のお片づけ。心の中に置き忘れた大きなお荷物。

十月十一日（水）
下調べのために図書館へ。スーパーと図書館と病院が近くにあるのは、わたしのような年寄りにはありがたい。新聞社にも電話した。

十月十二日（木）
バスに乗って、一つ手続きをすませて来た。

十月十三日（金）
昨日に続いて、手続きをしに出かけた。少し時間はかかるかもしれない。それでも、気になっていたことが片づいて、気分がすっきりした。心の中のお片づけが終わりつつある。

　明日からわたしは、生まれ変わったわたしになる。

2

　案内した居間に前田(まえだ)の姿はなかった。廊下に出て和室をのぞくと、仏壇の前に立っている。

「お茶がはいったけど」

　猫背ぎみの後ろ姿に声をかけると、

「ああ、ありがとう」

　と前田は振り返り、「自分、仏壇のある家なんて、映画やテレビでしか見たことがないから珍しくて」

　と、黒縁の眼鏡をずり上げながら言った。

「へーえ、そうなんだ」

　ものごころついたときから見てるから、わたしは別に珍しくないけど、と内心で続けて、理央も彼の横に立った。百八十センチの彼の隣に立つと、小柄な理央は見上げる形になる。

「位牌(いはい)がいっぱいあるね」

「ああ、うん。おじいちゃんとおばあちゃんと、その前の代のおじいちゃんとおばあちゃんのもあるから」

「ドラマに仏壇が出てくると、何だかうらやましくてさ。ほら、何か願いごとがあるときなんか、必ず仏壇に手を合わせたり、何かみやげものをもらったりすると、仏壇に供(そな)えたりするシーンが出てくるじゃないか。そういうの、自分もやってみたくてね」

「じゃあ、いまやれば？」

理央はそう言うなり、台所に戻って手みやげのお茶菓子を持って来ると、小皿に載せて前田に渡した。

前田は、戸惑(とまど)いながらもそれを仏壇に供え、理央に手本を示されながらぎこちない手つきで線香を一本上げると、神妙に手を合わせた。

「満足した？」

「うん、こういうの、一度やってみたかったんだ」

前田はそう言って、白い歯を見せた。

――この人といると全然緊張しない。

恋活パーティーで出会って、最初に話したときも感じたが、場所を変えて会ってみて改めてそう思った。が、ときめきを覚えるわけでもない。

「で、これが例の表彰状なんだね」

と、前田は仏壇の横の壁に視線を移した。「八十八歳で自分の歯が二十本も残っていたなんて、やっぱり、君のおばあさんはすごかったんだよ。うちのおばあちゃんなんか、総入れ歯だった。自分が中学生のときに死んじゃったけどね」

「歯が丈夫だから、もっと長生きできるはず。そう思っていただけに残念でね」

理央の祖母、菅野俊枝は、昨年末に脳梗塞（のうこうそく）で他界した。一人暮らしの俊枝の家には、理央が母親と交替で様子を見に通っていたが、玄関先で倒れていた俊枝を発見したのは母だった。すぐに救急車を呼んで、病院に運ばれた俊枝だったが、意識が戻ることなく翌日に息を引き取った。

それから四か月。「まだ気持ちの整理もつかないのに、実家の整理なんてとんでもない」と言う母にかわって、理央が祖母の家の片づけに訪れたというわけだった。

しかし、単なる片づけではない。

居間に戻ると、二人はテーブルに向かい合った。テーブルの上には俊枝がつけていた五年日記が置かれている。

「で、これが例の五年日記なんだね」

前田は出されていたお茶に口をつけると、さっきと同じ口調で言い、分厚い日記帳を取り上げた。

「それを読んで、家の中から手がかりを見つければ、本当にそれで、おばあちゃんの心の謎(なぞ)が解けるの?」

日記帳をめくる前田に、理央は聞いた。

「ああ、解けると思うよ」

「ずいぶん自信があるのね」

「まあね」

本当かしら、と理央は前田に気づかれない程度に首をかしげた。

前田とは「恋活パーティー」の一種である「街コン」で知り合った。「街コン」とは街ぐるみで行われる大型の合同コンパのイベントを指し、その中の「趣味コン」と呼ばれる集まりに来ていたのが前田だった。趣味を同じくする男女が出会いを求める場で、学生サークルの社会人版のようなものだ。その趣味も細かく分類されていて、映画鑑賞や美術館巡りのほかに読書も好きな理央は、読書の中でも「ミステリー」と限定された趣味コンのパーティーを選んで参加してみたのだった。

その前にも何度か「婚活」や「恋活」と冠されたパーティーには参加していて、だいぶ懲りていた。ひと目でつき合い下手とわかる男に好かれてしまい、つきまとわれてあしらうのに疲れたり、自分の情報は小出しにして、こちらの情報ばかり引き出そうとする男に警戒心を募らせたり、「ぼくも映画や本は好きなんです。ミステリーですか？　大好きですよ」とにこやかに言う相手に、「クリスティの『そして誰もいなくなった』は、原作と映画、どちらがよかったですか？」と聞くと、「クリスティ？　知りません」と返されて拍子抜けしたり……。

それで、最初から趣味が同じ相手なら少なくとも会話は弾むだろうと考えて、そういう種類のパーティーに参加してみたのだった。二十五歳から四十歳までの男女十五人ずつが参加して、一人あたり五分間対座して話す。その中で気が合うと思った相手を紙に書くのだが、互いの名前を書いた者同士がめでたくカップル成立というわけだ。

「『そして誰もいなくなった』は、原作と映画、どちらが好きですか？」と用意していた質問を向けた理央に、前田は「原作と映画、それぞれのよさがありますね。自分が演ずるとしたら、断然、最初に死ぬマーストンがいいですね。自分、毒殺される役にたまらなく魅力を感じるんですよ」と答えてから、「アガサ・クリスティで自分が一番好きなのは、ミス・マープルが活躍する『予告殺人』ですかね」と、よどみなく言葉を続けたのだ。その答え方で、彼を本物のミステリーファンだと認めた。が、ミステリー通だけにオタクではある。自分のことを「自分」と呼ぶのだけはどうにも好きになれない。

初デートが女性の祖母の家というのも妙なものだが、理央は、前田に謎解きができたら、真剣に交際してもいい、と思っている。

俊枝の日記は、脳梗塞で倒れた前日で終わっている。日記を何度か読み返すだけの時間を与えたあと、顔を上げた前田に理央は聞いた。

「それで、わかった？　なぜ、おばあちゃんが『菅野俊枝』から『土屋（つちや）俊枝』に姓を戻したのか」

土屋。それは、亡くなった祖母の旧姓だった。

3

おばあちゃんの姓が変更されているのに気づいたのは、病院での手続きをはじめとした、いろんな手続きを行う過程でのことだったの。健康保険証の氏名が「土屋俊枝」になっていて、あら、間違いじゃないか、と役所に確認したり。そのときに、「いえ、土屋さんです。十月に復氏届（ふくうじとどけ）が出されており、受理しています」と言われて、唖然（あぜん）としたのね。でも、亡くなった直後はこっちもバタバタしていたし、何らかの手違いですませたい気持ちもあって、あまり騒ぎ立てないようにしたのね。おじいちゃんも亡くなっているし、おじいちゃんとおばあちゃん、それぞれのきょうだいもすでに他界していたから、お葬式はこぢんまりとしたものになったし、いちおう「菅野俊枝」の名前でできたから、まわりには気づかれなかったと思う。

だけど、役所仕事は基本的に戸籍名に基づいて行われるものだから、当然、死亡診断書には変更されたあとの「土屋俊枝」で記入されたし、火葬場に提出する死体検案書にもその名前が書かれていたわ。何だか変な感じだった。

おじいちゃんが亡くなったあと、おばあちゃんはここで一人暮らしをしていた。それで、四十九日を終えてから、片づけを兼ねて何か手がかりを見つけようと思い立ったの。そう、おばあちゃんがどうして旧姓に戻したか、の謎解きの手がかりを。お母さんにも協力してもらうつもりだったけど、お母さんは拒んだのね。死んだあととはいえ、娘として母親の心の中をのぞくのが気恥ずかしくもあり、怖くもあったのかもしれない。

それはともかく、配偶者の死後に旧姓に戻せることを知らなかったわたしは、まず法律を調べてみたの。民法第七百五十一条に「生存配偶者の復氏」という項目があって、そこにはこう書かれている。「夫婦の一方が死亡したときは、生存配偶者は、婚姻前の氏に復することができる」ってね。

離婚したときだけじゃなくて、相手が死んだときも旧姓に戻すことができる。期限は設けられていなくて、一年後でも三年後でも大丈夫。そういう法律を知らない人は多いんじゃないかしら。

えっ、前田さんは知ってたの？　何だ、そうなの。でも、そうだよね。いちおう、法学部を出ているんだもの。えっ？　そんなの関係ないって？

　おばあちゃんは、確かに市役所に復氏届を出していた。つまり、婚姻前の氏、いわゆる旧姓に戻ったわけだけど。そして、それに連動して健康保険証や年金関係の書類などの名前も変更になったのね。そのあとのことはくわしく日記には書かれていないけど、すべての手続きを終えるまでにはけっこう時間がかかったかもしれない。それだけの面倒な手続きを八十八歳の老女がしたってことは、それなりの深い思い入れと理由があったからってことでしょう？

　それから、いろいろ調べてみて、女性のあいだで「死後離婚」って言葉が流行っていることを知ったの。配偶者が死んだあとに、姻族関係終了届を役所に提出することによって、死んだ配偶者の親族との関係も終わらせることができるんですって。おもに女性の側から出されていると言うから、死んでからも夫の親戚から嫁扱いされるのはたまらない、法的に関係を絶ってすっきりしたい、そういう女性が増えているのね。「死んだ夫や姑と同じお墓に入りたくないから」っていう理由で提出する女性もいるとか。

　でもね、おばあちゃんの場合は、提出されていたのは復氏届だけで、姻族関係終了届は出されていなかったの。もっとも、死んだおじいちゃんの親戚もかなり少なくなってはいたんだけどね。お母さんは、法律関係のことなんかまったく知らなかったし、わたしが説明しても聞く耳を持とうともしなくて、ただ感情的になってしまったの。おばあちゃんが旧姓に戻したことを、「夫を裏切ったことになるんじゃないか」って解釈して、「お母さんは、本音ではお父さんを嫌っていたんじゃないかしら」なんて泣き出して。

だけど、わたしにはそうは思えないの。だって、おばあちゃんは、おじいちゃんが死んだあとも仏壇で手を合わせては、「わたしもいずれあなたのそばに行きますからね。一緒のお墓に入りますからね」って語りかけていたのよ。おしどり夫婦で有名だったし、孫のわたしの目にも、二人はとても仲のいい夫婦に映っていた。おばあちゃんはおじいちゃんのことを愛していたはず。だから、おじいちゃんのことが嫌いになって、菅野姓から土屋姓に戻したわけじゃないと思うの。

おじいちゃんのことが嫌いになったんじゃなかったら、どうして土屋姓に戻したのか。考えられるのは、ほかに好きな人ができたから？　わたしもミステリー好きだから、そういう推理もしてみたの。その人のことが好きで、彼に操を立てるために死んだ夫の姓である菅野姓を捨てた、ってね。でも、生前、おばあちゃんに好きな男性がいた気配はなかったし……あっ、氷川きよしファンではあったけどね。だけど、そんな推理は突拍子もないでしょう?

　じゃあ、ほかにどういう推理が可能か。なぜ、おばあちゃんは菅野姓から土屋姓に戻したのか。おばあちゃんの心の謎を解く鍵として、家の中に残された手がかりを探してみたんだけど。

　日記にもあるように、おじいちゃんが亡くなってから、おばあちゃんは本や衣類など不要なものを少しずつ処分してきたの。「人生のお片づけ」とは、要するに「終活」のことね。それでも、処分したくないものも、どうしても捨てられないものもある。それで、家の中を整理しながら集めてみたのが、写真や本や新聞の類いなの。おばあちゃんは、結婚するまでに何度か引っ越して、火事に遭った家もあったとかで、小さいころの写真は残ってないのね。写真のほとんどは、おじいちゃんと結婚してからのもので、最近の写真はわたしが撮ってあげたものばかり。だから、写真は手がかりにならないと思う。

　不思議なのは、新聞。この家では、昔から全国紙の毎朝新聞を購読していたのに、それがあるときなぜか地方紙に切り替わった。十月十一日の日記に「新聞社にも電話した」とあるけど、そのときに毎朝新聞をとるのをやめて、長野県の信濃日日新聞に切り替えたみたいなの。地方紙だから、三日分くらいまとめて郵送されてくるんだけど、それも手がかりの一つだから、おばあちゃんの死後も購読は継続してる。

どうして、こんな地方紙なんか購読することにしたのか。それも謎の一つなのよ。

4

「ふーん、なるほど」

話し終えた理央がテーブルや床に並べたアルバムと新聞紙の束を眺めて、前田は大きくうなずいた。

「このほかにも、奥の本棚には吉川英治や池波正太郎や藤沢周平の文庫本がそれぞれ十冊ずつくらい、植物図鑑などもあるわ。おじいちゃんは時代小説や歴史小説が大好きでね。思い出の品として、おばあちゃんは捨てられずにいたんじゃないかしら。ほら、それだけおじいちゃんを愛していたってことでしょう？　いちおう中に何か挟まっていないか、一冊ずつ調べてみたけど、手がかりになるようなものは何も見つからなかったわ」

「ふーん、なるほど」

同じセリフを繰り返して、前田は考え込んだ。この人、本当に推理能力があるのかしら、と理央は疑わしくなって、祖母の家に招き入れたことを少し後悔し始めていた。

「婚活・恋活パーティーのトラブル集」というネットのサイト記事を思い出したからだ。そこには、初回でカップリングしたら、最初のデートの場所選びが肝心、それがその後の運命を左右する、と書かれてあった。

「本当に、大丈夫なの？　謎解きできるの？」

上目遣いに問うた理央を、

「ちょっと黙ってて」

手で制すると、前田は「自分に三十分ください」と、どこかの推理ドラマの名探偵が言ったようなセリフを口にした。

「はいはい、わかりました」

その態度にムッとした理央は、台所に行った。ダイニングテーブルに着き、読みかけの綾辻行人の文庫本を開くと、ちらちらと前田のほうを見ながら本を読むふりをする。

きっちり三十分たつと、「謎が解けました」と居間で声が上がった。

「本当に解けたの？」

文庫本を閉じて、理央は居間に戻った。読書はまるで進まなかった。

「まずはこの日記だけど」

ごほん、と一つ芝居がかった咳払い（せきばらい）をすると、前田は日記帳を開いた。「この五年日記は、君のおばあさんが亡くなったら孫娘の君が引き継ぐ、そういう前提で書かれているよね」

「まあね」

祖母の遺志はきちんと受け継ぐつもりでいる。

「だったら、おばあさんは、自分の死後、君が読むことを大前提に書いているはずだ。だからこそ、『迂闊』なんてむずかしい漢字も辞書で引いてきちんと書いている。ああ、自分も書けるけどね。漢検一級を持っている」

さりげなく自慢話をつけ加えて、前田は言葉を紡（つむ）ぐ。「すなわち、ここには謎を解くための手がかりもいっぱいちりばめられている。頻繁に出てくる『お片づけの人生』『人生のお片づけ』という言葉。二度出てくる『心の中に置き忘れた大きなお荷物』という言葉。それらが謎解きの重要なキーワードになるね」

「それは、言われなくともわたしにだってわかるわ」

「しかし、この日記、十月十四日以降、おばあさんが倒れる前日までの記述には、いっさい心の中のひとりごとは含まれていない」

理央が口を挟んだのを無視して、前田は口調を変えずに自分なりの推理を続ける。

「十月十三日の日記に『明日からわたしは、生まれ変わったわたしになる』とあるけど、まさに君のおばあさんはその日を境に生まれ変わったんだよ。翌日からは日記の内容をがらりと変えて、スーパーで買ったものの値段とか、テレビの番組名とか、簡単な記述しかしなくなった。そうだろう?」

「ああ、そうね。日記をメモや家計簿がわりにしているみたいね」

理央は、前田から日記帳を受け取ると、改めて確認した。十月二日の日記には「いままでつけていた家計簿もみんな捨ててしまった」とあるから、捨ててしまった家計簿の役目を日記帳に負わせたのだろう。

「日記の日付順に、おばあさんの心の変化を見てみよう」

そう言って、前田は理央から日記帳を取り戻した。

「そもそも、しまったままでいた日記帳をつけようと思い立ったのは、健康な歯を褒められたことで勇気をもらったからだろう？　それがおばあさんの背中を押し、前向きな気持ちにさせた。十日の日記に、『ついに行動に移すことにした』とあるけど、それは、人生の最終的なお片づけをすることを決めた、という意味だろう。ずっと心残りだったことを実行に移そうと決めたんだ」

「ひととおり読めば、おばあちゃんの心の変化はわたしにだってわかる」

別にそんなにていねいに説明してもらわなくとも、と言いかけた理央を、

「まあ、回りくどい説明をするのは、自分の頭の中を整理するためでもあるんだよ。推理小説ではよくある展開じゃないか。ちょっと我慢して」

と、前田はふたたび手で制した。

「とにもかくにも、十三日の日記にあるように、君のおばあさんは生まれ変わったんだ。生まれ変わって、新しい人間になったという意味で、姓も変えて土屋俊枝になった」

「旧姓に戻したんでしょう？」

「君はさっきから『姓を戻す』と言ってるけど、どうして、菅野俊枝から土屋俊枝になることが姓を戻すことになるのかな」

「だって、そうでしょう？　おばあちゃんの旧姓は土屋なんだもの。役所に提出したのだって、復氏届よ」

「形の上ではそうかもしれない。だけど、おばあさんの中では違うとしたら？」

「どういう意味？」

　前田の言いたいことがわからずに、理央は首をかしげた。

「じゃあ、また日記に戻ろう」

　ふう、とため息をついてから、前田は日記帳に目を落とした。「女性弁護士の興味深い話というのは、まさに復氏届のことだよね。たぶん、いま話題になっている『死後離婚』の問題を取り上げた番組で、姻族関係終了届や復氏届に言及したのだろう。パソコンやスマホを持たないおばあさんは、実行に移すと決めた次の日、図書館に行って、六法全書か何かできちんと法律的なことを調べたんだ。それで、復氏届には提出期限がないとわかって、決意を固めた。同時に、地方新聞をとることも決めた。その翌日に行ったのは、おそらく市役所だろうね。その次の日に行ったのは年金事務所か税務署か。まあ、そのあたりはくわしく調べる必要はないだろう。君ならどう？読み慣れた新聞の購読をやめて、地方紙を読もうと思い立つときはどういうとき？」

いきなり質問を向けられて、理央はうろたえた。が、ミステリー好きとしては、ここで言葉に詰まるわけにはいかない。

「それは、まあ、いろいろあるけど」

前置きしながら頭の中でせわしく推理を巡らせると、「その新聞で好きな作家の小説連載が始まったとか」と答えて、われながらいい推理だと悦に入った。

「うん、それもあるよね」

深くうなずいておいて、「だけど、その可能性は消えた」と、前田はあっさりと否定した。「たまっていた信濃日日新聞を調べてみたけど、おばあさんが購読を始めたときは、すでに時代小説の連載が終盤にさしかかっていて、何とも中途半端な時期だった。いま連載されているのは若手作家の近未来が舞台の小説で、とても八十八歳の女性の好みだとは思えない」

「それじゃ、ほかのエッセイの連載とか？」

「その可能性も考えて調べてみたけど、一人が長期連載するようなエッセイはなかった」

「となると……新聞そのものに意味があるのかしら。つまり、長野県の新聞という点に」

　何げなく口にした言葉だったが、

「君のおばあさんのルーツはどこ？」

と、顔の表情を明るくした前田に聞かれた。

「おじいちゃんが生まれたのは東京の赤羽で、おばあちゃんは埼玉県だけど、二人はお見合い結婚だったとか」

「長野県に親戚はいない？」

「親戚？　聞いたことがないわ。法事の集まりに『信州の出身です』なんて人が現れた記憶もないしね。でも、遠い親戚まではわからないわ。というより、おばあちゃんの昔のことなんて、あんまりよく知らないの。いまになってみれば、もっとたくさん話を聞いておけばよかったと思うけど」

「土屋という姓は、長野県の佐久地方や上田あたりに多いんだよ。長野県出身の土屋隆夫という推理作家がいてね、自分、古本屋で探して読んでいる。神田の古書街を歩くのが好きなんだ」

「へーえ、そうなの」

理央は、その作家のことは知らなかったが、前田の趣味が古本屋巡りと知って、彼に対するポイントが上がったのは事実だ。

「だけど、長野県に土屋という姓の親戚がいたとして、それがおばあちゃんとどうつながるの？」

「先を急がないで」

三たび手で制してたしなめると、前田は、「さっきの疑問に戻ろう。なぜ、地方紙を購読するのでしょう」と質問を投げかけておいて、「それは、地方紙にしか載っていない情報を入手するためです」と自ら答えを出した。

「地方紙にしか載っていない情報って……もしかして、訃報欄？」

口にしながら、理央もすぐに閃いた。われながら頭が冴えている。

「そう、訃報欄だよ。お悔やみ欄とも呼ばれるけどね。長野県は、北信、南信、中信、東信の四つに分かれていて、訃報欄では県内全域の情報が見られる。いつどこで誰が亡くなったか、葬儀はどこでいつ行われるのか、喪主は誰かなどの情報が掲載されている」

「おばあちゃんは、誰かの訃報を知りたかったの？　それは、おばあちゃんと同世代の人よね。いつ亡くなってもおかしくないような高齢の人」

さっき前田が言ったように、理央も言葉にしながら頭の中を整理していく。「それが、土屋という姓の人？」

「そういうことだね。そして、ほぼ百パーセント、それは男性だよ」

理央に向けられた前田の目が鋭くなった。

「おばあちゃんは、その……土屋という男性を好きだったの？」

「君のおじいさんと出会う前、と考えていいと思う」

うん、とうなずいてから、前田は静かに言った。

「もしかして、初恋の人だったりして」

「その可能性が高いね。君のおばあさんの年齢だと、男の人たちは戦争に行った最後の世代かもしれない。互いに好意を持っていても、いろんな事情があって一緒になれなかったケースはたくさんあるだろう」

「そうね。おばあちゃんとその土屋さんって男性は、遠い親戚同士で、昔から惹かれ合っていたと考えることもできるわね」

前田の推理に誘導された形で、頭の中で年老いた男女のデート場面を思い浮かべた理央は、ハッと胸をつかれた。「だけど、待ってよ。それだけで、おばあちゃんと土屋姓を結びつけるのは強引すぎない？　それに、土屋という男性がおばあちゃんの初恋の相手だとして、男性の寿命は女性より短い。新聞で訃報を確かめる前に、もう亡くなっている可能性もあるじゃない」

「そうだね」

そこに気づいた君はえらい、とでも言うように受けてから、前田は足元から新聞の束を取り上げた。「この中に、君のおばあさんが捨てられなかった新聞がある。たまった新聞は定期的に捨てていたようだけど、調べてみたら、中に以前とっていた全国紙が混ざっていた。しかも、日付は去年の九月八日。かなり前のものだ」

「おかしいわね。わたし、ここには粗大ゴミの処分に通っていたのよ。たまった新聞紙も束ねて回収業者に出していた。去年の九月の新聞紙は、月末にまとめて出したはずなのに」

「おばあさんは、この新聞だけ捨てられなかったんだよ」

前田は、二つ折りにされた去年の九月八日の毎朝新聞をテーブルに載せた。

「この中にヒントがあるの？」

紙面を広げて見始めた理央に、

「読者の投稿欄を広げてごらん」

と、前田が指示した。

読み慣れた新聞なので、すぐに見つけることができた。「交流」という投稿欄ページにいくつか読者の投稿が掲載されている。その一つの名前に目がとまって、理央は、思わず「あった」と声を発した。

――無職　土屋太郎　（長野県　90）

土屋太郎の投稿の見出しは、「人との出会いを求めよう」で、ひと月ほど前に掲載された「なぜ読書をしなければいけないのか、その理由を教えてほしい」という二十歳の男子大学生の投稿への返事として採用された形だった。

――本は出会いの場である。私は読みたい本も満足に読めない青春時代を過ごしたが、平和な時代を迎えてたくさんの本に出会った。一度も海外に出たことはない私が

14世紀のイタリア人のダンテに出会い、19世紀のロシア人のドストエフスキーに出会えた。かように、本の中では時空を越えてさまざまな人に出会える。

投稿の内容をまとめるとそうなる。

「この土屋太郎さんが、おばあちゃんの初恋の人？」

「だろうね。少なくとも、君のおじいさんと出会う前に好きになった人に違いない」

そう言って、前田は身を乗り出した。「この投稿を読んで、君のおばあさんは、土屋太郎が同姓同名の別人ではなく、自分の初恋の人だと確信した。おばあさんの知っていた土屋太郎さんは、相当な読書好きだったんだろうね」

「だから、結婚相手に読書好きなおじいちゃんを選んだのね」

なぜ、初恋の土屋太郎と結ばれることができなかったのか。戦争という暗くて複雑な時代背景が影響していたのだろう。

「去年の九月の時点で、土屋太郎さんは九十歳。初恋の人が存命であり、新聞に投稿できるくらい頭がしっかりしていることを知ったおばあさんは、心が騒いだのだろう。すでに伴侶(はんりょ)を失っている。初恋の人のことをそっと想ったとしても裏切りにはならないと考えたのかもしれない。それで、彼が住む長野県の新聞をとることに決めた。そこの訃報欄に目を通していれば、彼の無事がわかるからね。もし訃報欄に彼の名前を見つけたら、そのときはどうするつもりだったのか……」

「訃報が載らないあいだは生きているってことでしょう？　おばあちゃんは、たまま自分の旧姓が初恋の人の姓と同じなのを利用して、土屋姓に戻すことによって、土屋太郎さんのお嫁さんになった気分でいたかったんじゃないかしら。それが、おばあちゃんにとっての人生の最後のお片づけで、気持ちの整理をつけるためだったんだと思う」

「そうだね。君のおばあさんは、初恋の人とひそかに結婚したかったんだよ」

5

五月二十一日（月）
今日からおばあちゃんの日記を引き継ぐことにした。昨日、前田さんとは三度目のデートをしたが、わたしの中にはまだもやもやしたものがある。彼は、本当におばあちゃんの心の謎を解いたことになるのだろうか。おばあちゃんの家で彼が展開させた推理は、あくまでも推測であって、事実だと立証されたわけではない。何だか、ずっとだまされているような気分だ。

五月二十五日（金）

スマホのメモ機能があれば日記をつける必要はない。紙の手帳も使っている。でも、この日記をつけることはおばあちゃんの供養にもなると思うから、できるだけつけたい。前田さんのことを好きなのかどうか、正直、わからない。ときめきはまだ生まれない。しかし、一緒にいて話題が尽きることはない。

六月五日（火）

おばあちゃんの家に不思議な郵便物が届いた。玄関には「菅野」の横に小さく「土屋」と並べて表札を出している。菅野俊枝にあてた手紙の差出人は、長野県上田市の土屋優衣とあった。以下、文面を転記する。

前略　突然のお手紙をお許しください。わたしは、土屋太郎の孫の土屋優衣と申します。このたび、先日亡くなった祖父の遺品の整理をしていたら、エンディングノートが見つかりました。その中の項目に「友人知人一覧」と「その他の連絡先」というのがあるのですが、その他のほうの最後に「菅野（土屋）俊枝」という名前があり、そちらの住所が記されていました。ところが、誰もその名前に心あたりがないのです。

六月六日（水）

（続き）祖母は二年前に亡くなっておりますが、祖母の知り合いにもいない名前です。（土屋）とあるので、祖父の親戚の方だろうかと思い、親戚筋にも当たってみましたが、昔のことをよく知る者が残っておらず、わからずじまいでした。いずれにせよ、エンディングノートにあったのだから、生前、祖父と何らかのかかわりのあった方だろうと察し、こうして祖父の死をお伝えしたほうがいいと考えました。葬儀はすませてしまいましたが、いちおうお知らせいたします。九十歳を越えても祖父は元気で、本を読んだり、新聞を読んだりして過ごしていましたが、先月九十一歳の誕生日を迎えたあたりから徐々に体力が衰えていきました。大往生でした。その旨を菅野（土屋）俊枝さまにお伝えいただけたら幸いです。

草々

六月九日（土）
前田さんと神田の古書街を歩いた。古書街を歩く彼は、何だかすごく生き生きしていた。謎が解けたことを立証できたからだろうか。「土屋太郎さんがどうやって君のおばあさんの住所を知ったのか、それがまだ謎として残っている」と言っていた。土屋太郎の妻も二年前に亡くなっているという。土屋太郎は独身だったということだ。新聞に投稿するほどの行動力がある男である。独自の方法で、初恋の人の住所を突き止めたのかもしれない。おばあちゃんが生きているあいだに手紙を送ってくれればよかったのに。大正生まれの男らしいというか……。改めて信濃日日新聞を調べてみたら、訃報欄に「土屋太郎」の名前が載っていた。それを確認したのちに購読を中止した。

六月十日（日）
今日、前田さんとはじめてディズニーランドに行った。スペースマウンテンに乗った前田さんは、びっくりするほどはしゃいでいた。ひとまわりも年上なのに、その姿をわたしは可愛いと思った。わたしは、前田さんにときめきを感じ始めたのだろうか。

あとがき

「就活（しゅうかつ）」という言葉が生まれたのは、いつごろだったのでしょうか。少なくとも、わたしの学生時代にそんな略語は使われていませんでした。「就職活動」という言葉自体、あったかどうか記憶が定（さだ）かではありません。

調べてみたら、二〇〇〇年の『現代用語の基礎知識』に「就活」という略語が初登場しています。したがって、その前年には世間で使われていたと思われます。

改めて、各短編のテーマとなっている用語を説明しますと――

第一話　彼女の生きる道　「就活」――エントリーシートや履歴書を書いたり、企業の情報を収集したり、会社説明会に出たりするなど、職に就（つ）くために行う活動。

第二話　二年半待て　「婚活」――お見合いパーティーへの参加、結婚相談所への登録など、結婚相手を見つけるために行う活動。

第三話　兄がストーカーになるまで　「恋活」――合コンに参加したり、友達の輪を広げたり、恋愛に発展しそうな異性を探すために行う活動。

第四話　遠い心音　「妊活」――妊娠についての知識を得たり、自分の身体の現状を把握したり、妊娠に向けて行う活動。

第五話　ダブルケア　「保活」――保育施設の情報を収集したり、下見をしたり、子供を保育所に入れるために保護者が行う活動。

第六話　糸を切る　「離活」――離婚に向けて専門的な知識を身につけたり、離婚後も安定した生活が送れるように住居や仕事の確保をしたり、離婚を前提として行う活動。

第七話　お片づけ「終活（しゅうかつ）」――自分の死後を想定して、身のまわりの整理をしたり、家族のためにお葬式やお墓、相続などについてあらかじめ決めたり、人生の終わりに向けて行う活動。

女性に限らず、男性にとっても、人生の節目、人生の岐路に浮上してくる重要なキーワードであることに間違いありません。

これから就活を始める人、婚活を考えている人、その前段階の恋活から始めようと思っている人、そろそろ子供を、と計画している人、その子供を保育所に預けて仕事を続けたいと思っている人、離婚して新しい人生を歩むことを目論（もくろ）んでいる人、そろそろ身辺整理を、と思い始めている人……。

あなたはいま、どのステージに立っているのでしょう。

二〇一七年六月

新津きよみ

●初出
彼女の生きる道　「読楽」２０１６年11月号
二年半待て　「読楽」２０１７年２月号
兄がストーカーになるまで　書下し
遠い心音　書下し
ダブルケア　書下し
糸を切る　書下し
お片づけ　書下し

なお、本作品はフィクションであり実在の個人・団体などとは一切関係がありません。

徳間文庫

二年半待て（にねんはんまて）

2017年8月15日 初刷
2018年6月10日 4刷

著者 新津（にいつ）きよみ

発行者 平野健一

発行所 株式会社徳間書店
東京都品川区上大崎三－一－一 〒141－8202
目黒セントラルスクエア

電話 編集〇三(五四〇三)四三四九
販売〇四八(四五一)五九六〇

振替 〇〇一四〇－〇－四四三九二

印刷 本郷印刷株式会社

製本 東京美術紙工協業組合

ISBN978-4-19-894248-9 （乱丁、落丁本はお取りかえいたします）

100